mymy

muymuy

강진아 장편소설

차례

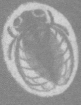

1

출석부를 가지러 교무실로 들어갔을 때 가장 먼저 눈에 들어온 것은 변민희의 뒤통수였다. 학생 주임의 두꺼운 손바닥이 머리통을 내리칠 때마다 머리카락이 이리저리 나풀거렸다. 그 사이로 힐끗힐끗 드러나는 얼굴을, 나는 이상하게 홀린 기분으로 바라보았다.

자그마한 얼굴에는 서로 반대되는 것들이 충돌하며 반항적인 분위기를 만들었다. 이마와 볼은 동글동글했지만 턱은 뾰족했고 코는 짧고 자그마했지만 눈은 쌍꺼풀 없이 길쭉했다. 특히 인상적인 게 바로 눈이었는데, 관자놀이 쪽을 손가락으로 밀어 올린 것처럼 꼬리가 올라가서 상대를 무시하는 듯한 느낌이 났다. 시선을 바닥으로 내리깔고 있어서 더 그렇게 보였는지도 모르겠다. 변민희의 이런 생김새는 별다른 표정이나 말없이도 학생 주임을 자극하는 듯했다. 퍽퍽, 머리통을 내리치는 소리가 점점 강해졌다.

"민희가 뭘 잘못했습니까, 선생님?"

담임인 한정철의 질문에, 학생 주임은 들어 올렸던 손을 내리며 답했다.

"이 새끼 교복 꼬라지 좀 보시라고요, 고치겠다고 해놓고는 여적 이런다니까."

한정철은 자신이 잘 타이르겠다며 변민희를 잡아끌었다. 교무실을 나서는 변민희와 눈이 마주쳤을 때, 나는 평소처럼 시선을 돌리려고 했다. 하지만 그럴 수가 없었다. 변민희의 얼굴 근육이 움직이기 시작했으니까. 치켜 올라간 두 눈이 가늘어지더니 잇몸이 보일 정도로 입술이 활짝 펼쳐졌다. 그러자 순식간에 개구진 느낌의 미소가 드러났다. 심드렁하면서도 대드는 듯하던 조금 전 분위기는 찾을 수가 없었다. 온몸의 잔털이 쭈뼛 서는 게 느껴졌다.

누구에게도 내색한 적은 없지만 나는 변민희가 줄곧 신경 쓰였다. 변민희도 그랬으리라 생각한다. 엄마는 내가 초등학교 5학년이 되던 해에 변민희 아빠가 운영하는 '형제축산'에서 일을 시작했다. 주인 남자의 딸 이름이 변민희고 나와 동갑이라는 사실은 한 달도 채 지나지 않아서 알게 되었다. 가끔 엄마 심부름을 하러 형제축산에

8

들를 때면 변민희 아빠가 강압적인 말투로 지시했기 때문이다. 자기 딸이랑 친하게 지내라고, 너희는 사이좋게 지내라고. 우리는 그때까지 스친 적도 없는 상태였다. 성격이 어떤지 뭘 좋아하는지도 모르는데 어떻게 친하게 지내란 말인가. 나는 아무런 대답을 하지 못한 채 바닥만 바라보았다. 엄마는 한마디도 거들지 않고 옆에 서 있다가 둘만 있게 되자 말했다.

"걔랑 절대 놀지 마. 애가 아주 까졌어."

세 달 전 개학식 날, 변민희의 얼굴을 확인하고서야 나는 엄마의 말이 거짓임을 알 수 있었다. 내가 느낀바, 까진 애들은 다른 아이들에게 영향력을 행사하려고 들었다. 누구를 괴롭힌다든지 돈을 뺏는다든지 때린다든지. 하지만 변민희는 친한 몇몇과 몰려다닐 뿐 다른 아이들에게는 관심 없어 보였다. 그 애의 관심은 자신의 외모와 담임인 한정철뿐인 것 같았다. 그러니까 내 눈에 변민희는 까진 애가 아니라 꾸미는 애 정도로 보였다. 몸 선이 드러나도록 블라우스를 줄이고 치마도 유난히 짧아서 학생 주임에게 자주 걸렸지만 교실에서는 꽤 조용했다. 자기네 정육점에서 일하는 아줌마 딸이라며 나를 얕잡아 볼 수 있을 텐데 그러지도 않았다. 그 점은 고맙게 생각한다.

사실 변민희가 맞는 걸 본 게 이번이 처음은 아니었다. 지난달에 형제축산에서도 개 아빠한테 맞고 있는 걸 봤다. 단단하고 두꺼운 나무 막대기가 허공을 가르고는 변민희의 등을 내리쳤다. 유리문 너머로 그 광경을 바라보던 나는 엄마 찾을 생각은 하지도 못한 채 얼어붙고 말았다. 학교가 아닌 개인적인 공간에서 폭력을 마주한 것은 처음이었으니까. 더 놀라운 것은 변민희의 반응이었다. 자기 아빠가 막대기를 제대로 쥐기 위해 시선을 돌렸을 때, 고개를 뒤로 젖히며 입을 쩍 벌렸다. 나는 벌어진 입에서 비명이나 신음 따위가 나올 거라고 생각하며 집중했다. 하지만 그 입에서 나온 것은 하품이었다. 변민희는 크게 하품한 후에 자기 아빠가 알아차리지 못하도록 빠르게 얼굴 근육을 끌어 올렸다. 그러자 곧장 반항적으로 느껴지는 평소 표정이 드러났다. 조금 전에 분명 찢어지게 하품하는 것을 보았는데도 그 사실을 믿을 수가 없었다. 대단한 기술이었다. 쟤는 자기 아빠가 안 무섭나? 아프지도 않나? 맞는 것도 계속하다 보면 아무렇지 않게 되는 걸까?

엄마는 이제껏 한 번도 나를 때린 적이 없다. 학생 주임처럼 손바닥으로 내리치거나 변민희 아빠처럼 막대기를 들지 않았다는 말이다. 엄마는 강하게 의사 표현을 하고 싶을 때면 내 팔이나 어깨를 잡고 빤히 눈을 들여다보았다. 짧게는 몇 초에서 길게는 몇 분까지. 그것만으로도 충분히 두려웠기 때문에 나는 그 직전에 했던 말이나 행동을 반성하고 또 반성했다. 두려움의 이유는 엄마의 안광 때문이 아니었다. 내 몸을 움켜잡은 엄마의 손. 정확하게는 그 손에서 뿜어져 나오는 한기 때문이었다. 내가 기억하기로 엄마의 손은 거의 항상 차가웠는데 화낼 때는 더욱 차가워져서 얼음에 가까운 상태가 되었다. 몸에 닿으면 소스라칠 정도로. 그 선명한 감각과 함께 나는 매번 새롭게 깨달았다. 엄마가 나 때문에 얼마나 고생했는지를. 나는 엄마에게 듣고 또 들어서 세상에서 가장 힘든 게 여자 혼자 애를 키우는 거라는 사실을 잘 알고 있었다.

엄마는 꽤 많은 일을 해왔다. 식당 보조, 화장품 판매, 가정부, 목욕탕 청소 등등. 그중에서 나는 집에서 했던 미싱 일을 제일 좋아했다. 그때 나는 일곱 살이었는데 유치원에 다니지 않아서 온종일 엄마 옆에서 놀 수 있었다. 엄마는 포대에 넣어야 할 정도로 엄청나게 많은 주머니를 만들었다. 완성해둔 주머니에 내가 계속 손을 넣자 탈출놀이를 만들어냈다. 방법은 간단했다. 엄마가 신발 끈으로 내 양손을 느슨하게 묶어주면 내가 풀어내는 게 전부인 놀이였다. 매듭은 손끝으로 살살 풀어야 했는데 어떤 매듭은 쉽게 풀렸고 어떤 매듭은 풀리지 않아 한참 동안 낑낑거려야 했다. 힘을 줄수록 점점 단단해져서 피가 통하지 않을 지경에 이를 때도 있었다. 그런 날에는 팔목이 시큰했다. 뒤늦게 발견한 엄마가 끈을 가위로 잘라내며 소리쳤다.

"팔 병신 되려고 미쳤어, 애가. 왜 울지를 않아!"

손으로 갑자기 피가 쏠려 저렸다. 나는 주먹을 쥐었다가 펴며 엄마가 묶어놓고 왜 이러나 싶었지만 혼나는 게 무서워서 미안하다고만 했다.

내가 초등학교 고학년이 된 후에야 엄마는 나를 묶었던 매듭이 절대 풀리지 않는 매듭이었음을 실토했다. 일할 시간을 벌기 위해 그런 짓까지 했다고. 그 끝은 이렇게 마무리했다.

"얼마나 힘들었으면 그랬겠어."

엄마는 언제나 자신을 불쌍하게 여겼다. 엄마가 다른 존재를 딱하게 여긴 적은, 내 기억으로는 단 한 번도 없었다. 딸인 나조차도 엄마 세계에서는 엄마를 불쌍하게 만든 가해자였다. 그랬기에 나는 언제나 미안해해야 했다. 간혹 반발심이 들 때도 있었다. 그 상황에서 불쌍한 건 나 아닌가? 힘들다고 애를 그렇게 묶어두면 안 되는 거 아닌가? 하지만 시간이 지나면서 그런 생각들은 내가 나쁜 딸이라는 증거로 여겨졌고 죄책감의 무게를 더할 뿐이었다.

절대 풀리지 않던 그 매듭법이 어부 매듭법이었다는 사실은 도서관을 드나들면서 배웠다. 매듭법을 소개한 책에 삽화가 있었는데 낚싯줄을 들고 환하게 웃는 어부 그림이 인상적이었다. 그때 이후로 내 상상 속의 아빠는 어부가 되었다. 엄마는 어부인 아빠에게 배운 방법으로 나를 묶었던 거다. 그 전까지 아빠 직업은 소방관, 경찰, 선생님 등으로 다양했지만 너른 바다를 항해하는 어부로 자리 잡은 후에는 변함없었다. 항해를 마친 후에는 돌아올 수 있으니까. 돌아오기 전까지는 항해 중이라고 생각하면 그만이었다.

*

조례 시간이 되었는데도 한정철은 모습을 드러내지 않았다. 따라 나갔던 변민희도 마찬가지였다. 출석부에 체크하고 교무실로 가려는데, 반 아이들 둘이 뛰어와서 다시 출석 체크를 해달라고 했다. 잠깐 매점에 갔다 온 거니까 엑스를 동그라미로 바꿔달라고. 나는 대답 대신 수정액을 꺼내 엑스를 지우고는 세모를 그려 넣었다. 야, 좀 봐주라. 너무하다. 쏟아지는 야유를 들으며 수정액이 마르길 기다렸다가 출석부를 닫아버렸다. 한두 명 봐주다가는 하루 종일 출석부 수정만 하게 될 것이다. 아이들을 다루려면 단호해야 한다. 초등학교에서부터 줄곧 반장이었던 나는 그걸 누구보다 잘 알고 있었다.

3교시는 체육이었다. 운동장에서 피구 연습을 하고 교실로 들어섰을 때 미화부장이 이렇게 외치고 있었다.

"내 mymy! 누가 가져갔어!"

나는 그 말을 듣고 황급히 서랍을 뒤졌다. 내 은색 워크맨은 그대로 있었다. 며칠 전 mymy를 선물받았다고 자랑하던 미화부장의 모습이 떠올랐다. 그렇게 자랑하니까 잃어버리지, 으이그. 속으로만 질책하며 땀에 전 체육복을 비닐에 담았다. 미화부장은 계속해서 떠들어댔지만 나와는 상관없는 일이라서 귀를 닫았다. 미화부장 자리는 교탁 바로 앞이었고 내 자리는 뒷문 앞이었기 때문에 그리 어렵지 않았다. 아이들 몇몇이 미화부장 주변에 모여 떠들어댈 때도 내용은 거의 들리지 않았다.

"야, 반장! 담임한테 말해야 하는 거 아니야?"

그제야 나도 연루되었다. 다행히 한정철이 종례에는

들어왔다. 내가 말을 꺼내기도 전에 미화부장이 mymy를 도둑맞았음을 알렸다. 최신형 모델에 빨간색이라는 정보는 두 번이나 강조했다. 한정철은 맨손으로 얼굴을 쓸어내린 후에 우리를 내려다보았다. 교실에는 숨소리도 들리지 않았다.

국사 담당인 한정철은 곽부성을 닮았다는 이유로 선배들 사이에서 곽부성으로 불리는 모양이었다. 키가 크다는 건 달랐지만 반듯한 콧대와 가느다란 입술, 커다란 눈망울은 내 눈에도 비슷해 보였다. 홍콩 사대천왕 사진을 모아서 책받침으로 만드는 게 한창 유행이던 시기, 학교 앞 코팅 가게에서 딱 하루 곽부성이 아닌 한정철이 포함된 사대천왕 책받침을 판 적이 있다. 이후 그 책받침은 희소하다는 이유로 몇 배나 비싼 가격에 학생들 사이에서 거래되었다. 나도 우리 반 애가 자랑하던 책받침을 구경한 적이 있었는데 다른 천왕들과 다르게 한정철 사진만 해상도가 낮아서 조잡해 보였다. 그 가격에 이걸 사고파는 아이들을 이해할 수가 없었다.

학생들 사이에서 흘러나오는 미담도 한정철의 인기를 부추겼다. 형편이 어려운 학생에게 참고서를 사줬다고도 했고 인문계 고등학교에 진학하고 싶어 하는 학생을 위해 부모님을 설득해줬다고도 했다. 이야기를 전하던 아이들은 자신이 호의를 받기라도 한 양, 꼭 끝에는 이런 말을 붙였다. 진짜 멋있지 않냐? 장난 아니지 않냐? 다른 수업과 다르게 국사 시간이면 교탁 위에 음료수나 간식이 끊이지 않았고 교무실 자리에도 항상 선물이 놓여 있었다. 스승의 날에는 선물로 탑을 쌓아 올릴 정도였다.

개학식 날 한정철은 나를 임시 반장으로 지목했다. 1학년 때 성적이 가장 좋았다는 게 이유였다. 한 달 정도 지나 반 아이들에게 반장을 다시 정하자고 제안했지만 모두 귀찮다는 듯 그냥 네가 하라고 해서 나는 임시 반장에서 반장이 되었다. 그 사실을 알렸을 때, 한정철은 표정변화 없이 고개만 끄덕였다. 나는 좀 섭섭했다. 그래도 잘 부탁한다거나 축하한다는 말을 건넬 줄 알았는데 그러지 않았다. 대신 출결 난에 적힌 엑스를 손끝으로 짚으며 얘는 아직까지 학교에 나오지 않은 거냐고 물었다.

한정철의 관심은 온통 그것뿐이었다. 결석하는 아이들. 더 정확하게는 문제아들. 우리 반에는 문제아가 특히 많았는데 그 때문에 한정철이 유독 그 애들을 신경 쓰는 건지, 한정철이 문제아들을 편애해서 멀쩡하던 애도 문제아가 되는 건지 그 선후가 헷갈리곤 했다. 어느 순간부터 한정철은 결석한 문제아들을 잡기 위해 번화가를 돌

16

아다니느라 조례와 종례에 빠지기 시작했고, 문제아가
아닌 나 같은 아이들은 수업 시간이 아니면 담임의 얼굴
을 보기가 점점 힘들어졌다.

"다들 소지품 꺼내서 책상 위에 올려."

한정철의 낮고 굵은 목소리에 아이들은 물건을 꺼내
올렸다. 나도 교과서와 문제집, 필통, 워크맨 등을 꺼냈
다. 한정철은 그것들을 제대로 확인하지도 않고 말했다.

"양심을 속이면 반드시 벌을 받게 돼 있어."

남은 속여도 자기 자신은 속일 수 없을 테니, 그 가책
은 죽을 때까지 안고 가야 할 거라고. 수업 중에도 한정
철은 자주 이랬다. 공부가 중요한 게 아니라 사람이 되
는 게 중요하다는 소리를 쓸데없이 길게 늘어놓곤 했다.
우리가 다 사람이지 뭐, 짐승이나 물건인가? 나는 속으
로 구시렁거렸지만 다른 아이들의 반응은 달랐다. 도대
체 뭐가 웃긴 건지 꺄르르 웃거나 몸을 배배 꼬았다. 특
히 변민희의 웃음소리는 아주 컸는데 그렇게 웃은 후 쉬
는 시간이면 한정철과 결혼할 거라며 큰 소리로 외쳐댔
다. 한정철은 유부남이었으므로 결혼이라는 단어는 무척
자극적으로 들렸다.

"너희가 깨달으려면 이 방법밖에 없을 것 같다. 모두

책상 위로 올라가."

책상 위는 소지품으로 어질러 있어서 그 상태로 올라갈 수는 없었다. 소지품을 서랍에 다시 넣으면서 주변을 둘러보니 일부는 물건을 밀치며 올라갔고 다른 일부는 나처럼 치우고 있었다. 모두가 굼뜨게 움직이자, 한정철은 교탁에 놓인 나무 지시봉을 들어 자기 손바닥에 강하게 내리쳤다. 저런 행동을 전에도 본 적이 있다. 학교로 잡아 온 문제아들에게 몇 대 맞고 싶은지 묻고는 그 수대로 엉덩이를 때렸는데, 때리기 직전에는 꼭 자기 손바닥에 강도를 테스트했다. 그렇다면 지금 저 지시봉으로 우리를 때리겠다는 건가? 다른 아이들도 비슷한 생각을 했는지 여기저기서 움찔거리는 게 느껴졌다.

반 전체 성적이 떨어졌을 때도, 짓궂은 장난을 쳤을 때도 단체로 맞은 적은 한 번도 없다. 그런데 지금은 왜 맞아야 하는 거지? 미화부장이 mymy를 잃어버렸다고 왜 이 많은 아이들, 내가 매를 맞아야 하는 거지? 속으로 질문하는 동안 한정철은 앞쪽에 앉은 아이들의 허벅지를 내리치고 있었다. 획, 하고 지시봉이 바람을 가르는 소리와 아이들의 울음소리가 뒤섞였다. 내 차례가 되었다. 나는 여전히 맞는 이유를 납득할 수 없었으므로 질문하는 눈으로 한정철을 바라보았다. 하지만 한정철은 지시봉에 힘을 쏟느라 눈조차 마주치지 않았다. 마지막 아이의 허벅지를 내리친 후에는 별다른 기미 없이 뒷문을 열고 나가버렸다.

*

다음 날 아침, 평소처럼 5시에 일어났다. 엄마는 6시가 되기 전에 일하러 나가서 아침밥을 먹으려면 일찍 일어나는 수밖에 없었다. 학교는 집에서 도보로 20분 거리에 있었다. 15분 정도 평지를 걷고 난 후에는 가파른 오르막길이 이어져 상체를 숙인 채 걸어야 했다. 새벽인데도 땀이 뚝뚝 떨어졌다. 바퀴가 달린 철 교문을 천천히 밀어서 열고는 교정으로 들어섰다. 1등으로 등교하는 느낌이 나쁘지 않았다. 교실 자리에 앉아서 시계를 올려다보니 6시 30분이었다. 곧장 가방에서 수학 문제집을 꺼내서 펼쳤다. 아침 자습 때 계획한 분량을 끝내지 않으면 온종일 능률이 떨어진다는 것을 체득했기 때문이다. 손목시계의 타이머를 30분 후로 맞추고 문제를 풀기 시작했다.

세 사람이 가위바위보를 한다. 승부가 나는 경우의 수를 구하라. 며칠 전에 풀었던 문제에서는 가위바위보에서 나올 수 있는 모든 경우의 수를 구하라고 했다. 이번에는 승부가 나는 경우의 수라고 했으니까, 모든 경우의 수 27에서 비기는 경우의 수 3을 빼야 한다. 아, 그런데 비기는 경우가 같은 것을 냈을 때만 있는 건 아니지. 모두 다른 것을 내도 비기지. 모두 다른 것을 냈을 때의 경우의 수 6에 모두 같은 것을 냈을 때의 경우의 수 3을 더하면 빼야 하는 수는 9가 된다. 하지만 실은 가위바위보를 내지 않고 상대를 위협해서 이기는 경우도 있다. 그래도 승부는 난다. 나는 이런 잡생각을 하지 않아도 되는 깔끔한 공식 문제가 좋다. 24를 지우고 18을 적느라 변민희가 들어오는 걸 알아채지 못했다.

기척이 느껴져서 고개를 들었더니 변민희가 교탁 앞 미화부장 자리에 서 있었다. 나와 눈이 마주치자 변민희는 헛것을 본 것처럼 움찔 놀랐다. 그 반응에 나도 당황하여 수학 문제로 시선을 내렸다. 그런데 잔상처럼 눈에 남는 것이 있었다. 변민희가 들고 있던 빨간색 mymy. 그래, 분명 mymy였다. 부스럭거리는 소리가 들린 후 변민희가 나를 향해 뭔가를 말했다. 제대로 들리지 않아서 내가 물었다.

"뭐라고?"

"아니라고."

"뭐가 아닌데?"

"아무것도 아니라고."

다시 문제집으로 눈길을 옮겼으나 어느 문제를 풀고 있었는지 찾을 수 없었다. 시선이 종이 위에서 갈팡질팡하고 있는데 변민희가 나를 불렀다.

"야."

고개를 들었더니 변민희의 두 눈이 나에게 꽂혀 있었다.

"못 본 척해줘."

나는 천천히 고개를 끄덕였다. 그러자 관자놀이 쪽으로 올라간 눈꼬리가 내려가더니 입술이 벌어지며 잇몸이 훤히 드러났다. 어제 보았던 그 미소다, 그렇게 생각했을 때 변민희는 몸을 돌려 교실 밖으로 나가고 있었다. 분명 두 발로 걷고 있었는데도 꼭 공중에 떠서 움직이는 것 같았다. 왜인지 내 눈에는 그렇게 보여서 변민희가 사라진 앞문에서 눈을 뗄 수가 없었다. 그때 웬 남자 목소리가 들려왔다.

복도 밖으로 고개를 내밀자 찰칵 소리와 함께 빛이 터졌다. 눈이 부셔서 감았다가 떴다. 남자가 내 쪽으로 카메라를 들이대고 있었다. 옆에 서 있던 변민희에게 등짝을 맞고서야 남자는 카메라를 내렸다. 남자의 오른쪽 볼에는 커다란 점이 있었는데 그게 유명한 개그맨과 닮아

21

서 인상에 남았다. 복도 끝으로 멀어지면서도 남자는 카메라를 들이밀었고 그때마다 변민희는 찰싹찰싹 남자를 때렸다. 한정철과 결혼할 거라며 난리 칠 땐 언제고 저 남자는 뭔가 싶었다. 둘이 시야에서 사라지자 나는 창가로 갔다.

잠시 후, 건물을 나오는 두 사람이 보였다. 건물 바로 앞에는 오토바이가 주차되어 있었다. 남자는 핸들을 잡으며 앞자리에 앉았고 변민희는 남자의 허리를 팔로 감으며 뒷자리에 앉았다. 지켜보는 것만으로 교칙을 어긴 듯한 묘한 죄책감이 들었다. 둘을 태운 오토바이가 교문을 넘어, 시야에서 완전히 사라지고 난 후에야 고개를 돌려 미화부장의 책상을 보았다. 책상 위에는 아무것도 없었다. 서랍 속은 어두워서 이쪽에서는 잘 보이지 않았다.

나는 걸음을 옮겨 미화부장의 책상으로 다가갔다. 상체를 숙여서 서랍 안을 보았더니 빨간색 mymy가 있었다. 그랬구나. 변민희가 mymy를 두고 갔구나. mymy를 확인하자 속에서 질문들이 마구 튀어나왔다. 변민희가 훔쳤나? 왜 훔쳤을까? 내가 알기로 변민희는 돈에 쪼들리는 애가 아니다. 엄마는 가끔 걔 아빠가 돈으로 애를 키운다며 쯧쯧 혀를 찼다. 뭐, 그렇다고 치고. 그러니까 훔칠 이유가 있었다고 쳐도 이해되지 않는다. 그냥 가질 것이지 왜 돌려주는 거지?

"어, 반장 빨리 왔네?"

목소리에 정신 차리고 보니, 손에 빨간색 mymy가 들려 있었다. 나는 거의 반사적으로 mymy를 교복 블라우스 안으로 감췄다. 쟤는 내가 범인이라고 생각할 거야. 귀찮은 상황을 만들고 싶지 않았다. 상체를 숙인 채 앞문으로 가며 일부러 말했다.

"나 생리통 때문에 화장실 좀."

뒤에서 뭐라고 걱정해주는 소리가 들렸으나 돌아보지 못했다. 배에 닿은 mymy 감촉에 모든 신경이 쏠려 있어서 그럴 겨를이 없었다.

오늘도 한정철은 조례에 나타나지 않았다. 아이들을 눈으로 확인하며 출석 체크를 하다가 변민희 칸에서 멈췄다. 고개를 들어 주변을 둘러보았으나 변민희는 보이지 않았다. 그 자리에는 단짝인 최리사가 앉아서 화장을 고치고 있었다. 그렇다면 엑스를 그어야 하나 세모를 그려야 하나? 오토바이를 타고 떠난 변민희가 돌아올 것 같지는 않지만 학교에 오기는 했으니까. 엑스를 그리기 위해 그었던 선을 이어 세모를 만들었다. 체크를 마치고 훑어보니 변민희의 세모만 도드라지게 반듯했다.

수업이 끝나고 종례 후에 한정철이 교탁 앞으로 나를 불러서 출석부를 펼쳤을 때도 변민희의 세모만 눈에 들어왔다.

"변민희 오늘 학교에 왔었어?"

"네."

"언제?"

"아침에요. 그런데 수업 때는 안 보였어요."

"혹시 일행이 있지는 않았어? 남자애나 다른 누구나."

mymy를 챙겨둔 게 걸릴까 봐 책가방을 잡아 끌며 답했다.

"혼자 왔다가 바로 갔는데요?"

특별반 수업이 있는 화요일이라 이동하는 아이들 때문에 복도는 꽤 시끄러웠다. 한정철은 미간에 주름을 모은 채로 뭔가를 골똘히 생각하다가 결심한 듯 출석부를 탁 소리가 나게 닫았다.

"그래, 수고하자."

그러고는 앞문으로 휙 나가버렸다. 나는 얼떨떨한 기분으로 남겨져 있다가 뒤늦게 시간을 확인하고는 교실을 나왔다. 한정철의 마지막 말이 계속 신경 쓰였다. 그래, 수고하자. 뭐가 그렇다는 거지? 그 전에 한정철이 동의할 말을 내가 했던가? 무엇에 대한 긍정이지? 수고하자는 또 뭘까. 거기까지 생각했을 때, 두 다리는 이미 수학반 앞에 도착해 있었다.

내가 속한 특별반의 이름은 수학반이었지만 모두 우등반이라고 불렀다. 시험을 치르고 들어가는 유일한 특별반이라 그런 듯했다. 1학년 때는 미술반이었다. 미술학원에 다니고 싶었는데 그러지 못했던 게 마음에 남아서 선택했다. 그림 그리는 건 즐거웠으나 성적에 아무런 도움이 되지 못했기에 2학년이 되면서는 수학반으로 바꿨다. 수학 선생님에게 집중적으로 질문할 수 있고 각종 경시대회 정보도 얻을 수 있기 때문이다.

문을 열고 들어갔더니 담당인 수학이 오기 전이라 시끄러웠다. 오늘 수다의 주제는 과학고 모의고사인 듯했다. 엄마가 학부모회 총무라는 5반 반장이 교장실에서 나온 정보라며 큰 소리로 떠들어댔다. 다음 주 주말에 근처 중학교에서 과학고 모의고사가 있는데 각 학교 대표만 나갈 거란다. 우리 학교 대표는 당연히 특별반 열두 명 중에서 선별할 거라고도 덧붙였다. 수학이 교실로 들어왔을 때, 그 애는 당돌하게 물었다.

"우리 학교에서는 모의고사 누가 나가요?"

수학은 5반 반장을 흘깃 보고는 나와 동력기를 일으켜 세웠다.

"이 둘이 시험 치러 갈 거야. 자, 오늘 문제 한 장씩 받아."

아이들은 프린트물을 돌리면서 나와 동력기를 곁눈질했다. 수학은 앉으라는 말을 까먹은 듯했기 때문에 나는 어정쩡하게 앉으며 프린트물을 받았다. 속으로는 좀 혼란스러웠다. 수학에게 과학고에 가고 싶다고 말한 적이 없는데, 왜 대표로 뽑힌 건지 궁금했다. 게다가 함께 시험을 치르게 된 동력기는 성적이 좋은 애가 아니었다. 동력기가 중간고사에서 10등을 했다며 기뻐하던 것을 본 적이 있는데, 그게 전교 등수가 아니라 반 등수라서 놀랐던 기억이 났다. 초등학생 때 전국 고무 동력기 대회에서 내리 1등만 해서 동력기라고 불린다는 것 말고는 별다른 특징이 없는 애였다. 학교 대표가 된 것 자체는 기뻤으나, 이 애랑 같은 기회를 얻게 된 것은 기뻐할 일이 아닌 것 같아서 마음이 복잡해졌다.

2

변민희는 다음 날에도, 그다음 날에도 학교에 오지 않았다. 3교시가 끝나고 한정철이 불러서 교무실로 갔다. 출석부 변민희 칸에 그렸던 세모에 대한 추가 질문을 받을 거라고 생각했는데 예상과 달리 한정철 자리에는 생활기록부가 펼쳐져 있었다. 내 이름을 두 눈으로 확인하자 혈관을 도는 피의 속도가 갑자기 빨라지는 듯했다. 아버지 직업란에 '사업가'라고 쓰인 엄마의 글씨가 보였다. 지난달에 엄마가 빈칸을 채우면서 요즘에는 사업가가 좋아 보이더라, 그걸로 하자, 라고 말했던 게 기억났다. 나는 이미 어부로 결정한 후였으나, 엄마의 선택을 군소리 없이 따랐다. 아래에 깔려 있는 1학년 생활기록부에는 '회사원'이라고 적혀 있을 것이다. 초등학교 생활기록부는 더 가관이었다. 의사, 판사, 탤런트, 아나운서 등 그때그때 엄마가 관심 있는 직업을 적었으니까.

"1학년 진로 희망에 미술 분야라고 써놨네? 사생대회 상도 받았고 특별반도 미술이었고."

질문의 의도를 파악할 수가 없어서 한정철을 바라보았다. 한정철은 생활기록부에 시선을 둔 채로 계속 말했다.

"수학 선생님께서 과학고 모의고사에 반장이 나간다고 하시던데, 알고 있었나?"

"네."

내 대답에 한정철은 고개를 끄덕이며 지시봉 끝으로 사업가라는 세 글자를 콕콕 내리찍었다. 꼭 뭔가를 알고 하는 행동인 것만 같아서 상당히 거북했다. 나는 조금 공격적으로 물었다.

"왜 그러시는데요?"

"과학고 모의고사는 다른 학생에게 기회를 넘기는 게 어때? 반장은 예고 준비를 하고."

기회를 뺏어 가겠다고? 순간 머릿속에 5반 반장의 얼굴이 떠올랐다. 걔 엄마한테 부탁이라도 받은 건가? 나는 한정철을 쏘아보며 말했다.

"돈 없어서 예고 못 가요."

그제야 한정철은 고개를 들어 나를 보았다. 시선을 피하지 않으려고 입안에서 혀끝을 강하게 물었다.

교실로 돌아갔더니 변민희 단짝인 최리사가 아이들에게 둘러싸여 있었다. 최리사는 외모도 화려한데 이름까지 특이해서 학교에서 꽤 유명한 애였다. 변민희가 걱정돼서 미치겠단 말과는 달리, 특별한 존재가 된 지금 이 순간을 충분히 즐기고 있는 것처럼 보였다. 민희가 어제 왜 결석했는지 이유를 알려달라는 요청에, 최리사는 흰자위가 드러날 정도로 눈동자를 크게 한 바퀴 돌렸다. 어설프게 누군가의 흉내를 내는 것 같아서 보는 내가 다 민망했다.

"나한테는 가출한다 그랬으니까, 경찰한테 딱 거기까지만 말했어."

나는 고개를 푹 숙인 채 문제집을 푸는 척했지만, 이야기는 하나하나 챙겨 들었다.

"변 실종된 게 아니라 가출한 거야?"

"야, 경찰 잘생겼냐?"

"걔는 가출은 왜 했는데?"

"경찰서에 갔던 거야? 쫄리지 않았어?"

쓸데없는 질문이 많아서 본론으로 들어가기까지 시간이 걸렸다. 나는 꾹 참고 귀를 기울였다. 경찰서 이야기가 정리된 다음에야 변민희가 가출을 입에 올렸다는 월요일이 등장했다. 붐비는 길거리에서 한정철이 변민희를 때렸다. 5교시가 시작되는 1시 정도였다. 조퇴하고 극장 앞 오거리로 나갔던 변민희와 최리사는 미니스커트를 입은 채 자주 어울려 다니던 오빠들을 만나고 있었다. 팔짱을 끼고 술집으로 가려는데 갑자기 나타난 한정철이 무리를 막아섰다. 먼저 알아본 변민희가 도망치려다가 붙잡혔고 오빠들이 말리려고 달려들어서 몸싸움으로 번졌다. 한정철이 오빠들에게 잡힌 동안 변민희와 최리사는 가까스로 도망쳤다. 최리사의 이야기에는 구멍이 있었고 아이들은 각자의 상상력으로 그 구멍을 메우려들었다.

"변민희는 한정철 좋아하잖아, 그런데 남자 팔짱을 끼고 있었던 거야?"

"양다리네, 양다리."

"그래서 한정철이 빡 돌았나?"

누군가 그렇게 물었을 때, 영어가 들어오며 탁 소리가 나게 교탁을 쳤다. 종 친 지가 언젠데 다들 뭐 해, 얼른 자리에 앉아. 아이들이 빠르게 흩어졌다. 나는 교과서 위에다가 볼펜으로 변민희와 한정철을 나란히 적고는 그 사이를 선으로 직직 이었다. 변민희가 남자애랑 있지 않았냐고 묻던 한정철의 목소리가 떠올랐다. 둘을 연결하는 선이 의미 있어 보였다.

5교시는 과학반 수업이라 우르르 일어섰다. 나도 일어서려는데, 최리사가 친구에게 하는 말이 들렸다.

"과학 쌤한테 나 아프다고 해줘."

나는 기회라고 생각하며 다시 자리에 앉았다. 펼쳐놓은 교과서를 들여다보고 있었더니 어느새 교실에는 최리사와 나, 둘만 남게 되었다. 뒤늦게 나를 발견한 최리사가 성큼성큼 다가와 앞자리에 털썩 앉았다. 반가워하는 티를 내지 않으려고 애쓰면서 고개를 들었다. 최리사는 부담스러울 정도로 얼굴을 들이대며 물었다.

"너는 왜 남았는데?"

"속이 안 좋아서."

최리사는 고개를 끄덕이며 내 필통의 지퍼를 열었다가 닫았다. 그 행동이 너무 자연스러워서 꼭 우리가 친한 것처럼 느껴졌다. 얘는 이런 걸 할 줄 아는구나, 생각하는 동안 최리사는 교과서 위의 낙서를 제대로 보려고 고개를 옆으로 갸우뚱 기울였다. 변민희와 한정철이 선으로 연결되어 있었다. 갑자기 입 밖으로 말이 튀어 나갔다.

"너는 알지?"

최리사가 아까처럼 눈동자를 한 바퀴 휘돌리고는 나를 보았다. 가까이서 보니 흰자위의 실핏줄이 드러나서

징그러웠다. 사진을 찍어서 보여주면 본인이 더 기겁할 듯했다. 나는 흐트러지려는 정신을 끌어모았다.

"한정철이랑 변민희 뭐 있잖아. 친하니까 너는 알지?"

"민희가 좋아하니까, 뭐."

"아니, 말고. 둘이 진짜 뭐 있잖아."

최리사의 얼굴 근육이 무방비로 풀어졌다. 표정을 꾸미고 있을 때보다 훨씬 예뻐 보였다.

"너는 어떻게 아는데?"

"나는 교무실에 자주 다니니까 다 듣지. 변민희가 가출한 이유, 너도 알 거 아니야."

허공에 닿은 최리사의 시선이 흔들리는 게 느껴졌다. 나는 목소리가 입 밖으로 튀어 나가도록 놔두었다.

"변민희, 한정철 때문에 가출했잖아."

*

금요일에도 변민희는 나타나지 않았다. 아이들은 쉬는 시간뿐만이 아니라 수업 시간에도 쪽지를 돌리며 웅성거렸다. 흥분과 두려움이 뒤섞인 이상한 열기가 교실을 가득 채웠다. 최리사는 변민희가 한정철과 함께 있을지도 모른다는 가능성을 뿌려댔고 아이들은 여기저기로 말을 전하며 가능성을 현실로 만들고 있었다.

"변민희랑 한정철 진짜 사귀는 거야?"

"한정철이 아무한테도 말하지 말라 그랬대."

"변민희는 그럼 어디 있는데?"

"모르지, 한정철이 알겠지."

헛소리와 진실이 섞이면서 묘한 모양을 만들고 있었다. 아이들은 원하는 것을 믿는 경향이 강했고 나는 아이들이 뭘 원하는지 알고 있었다. 최리사를 통해 그걸 살짝 건드려줬을 뿐이다. 하루하루 커지던 소문은 이제 거의 한 시간마다 몸집을 부풀리고 있었다. 경쟁적으로 한정철과 변민희를 섞어대는 목소리를 듣는 중에 학생 주임이 와서 최리사를 데리고 갔다. 최리사가 내 이름을 입에 올릴까 봐 긴장되어서 거리를 두고 교무실로 가보았다. 한정철은 보이지 않았고 교감 앞에 최리사가 앉아 있었다. 왜 아이들 사이에서 이상한 소문이 도는지를 묻는 교감에게 최리사가 당당하게 답했다.

"뭐가 있으니까 그렇죠."

그러고는 변민희가 돌아오지 못하는 이유가 한정철 때문이라고, 모두 다 아는 사실이지 않냐고 덧붙였다. 놀란 교감이 교장실로 들어가는 것까지 본 후에 나는 교실로 돌아왔다.

점심시간, 도시락을 먹는데 아이들이 창밖을 보며 외치는 목소리가 들렸다.

"저기, 변 아빠다."

"저 아저씨가? 진짜야?"

"한정철 잡으러 왔나 보다. 변민희랑 사귄 게 걸렸나 보다."

"한정철 잘리는 거야?"

"담임이 잘리면? 우리 반은?"

"대타 오겠지. 선생 없어진다고 반도 없어지냐?"

이제 소문은 걷잡을 수 없이 불어나서 나조차도 어디까지가 사실인지 구분해낼 수 없었다. 수런거리는 분위기 속에서 목을 길게 빼고 창밖을 바라보았다. 주변을 두리번대며 이쪽으로 걸어오는 변민희 아빠가 보였다. 고무 앞치마가 아니라 정장 입은 모습은 낯설었지만 싫은 감정은 여전했다. 변민희 아빠는 기분 나쁜 사람이었다. 웃을 때조차 기분 나쁜, 그런 사람.

엄마가 형제축산에서 일을 시작하고 몇 개월 후 퇴근 시간에 맞춰 가게에 간 적이 있었다. 변민희 아빠가 쓰레기통 옆에 쭈그리고 앉아 있었다. 쭈쭈, 혀로 입천장 차는 소리를 내면서. 자세히 보니 앞에는 하얀 개가 서 있었고 변민희 아빠 손에는 제법 커다란 뼈다귀가 들려 있었다. 나는 변민희 아빠의 등만 보여서 인사하지 않아도 되는 것을 다행으로 여겼다. 가게 안을 들여다보며 눈으로 엄마를 찾는 중에, 쓰레기통 쪽에서 찢어지는 듯한 비명이 들렸다. 놀라서 돌아보았더니 변민희 아빠가 뼈다귀로 하얀 개의 배를 내리치고 있었다. 개는 안쓰러울 정도로 앙상해서 꼭 변민희 아빠가 개의 갈비뼈를 뜯어내고 있는 것처럼 보였다. 나는 그 모습을 바라보며 무언가를 말하기 위해 입을 열었으나, 아무것도 말할 수 없어서 입을 벌린 채로 있었다. 변민희 아빠가 다시 뼈다귀를 드는 순간 하얀 개는 내달리기 시작했다. 날아온 뼈다귀가 하얀 개의 등에 퍽, 하고 내리꽂혔다가 튕겨 나갔다. 개는 휘청거리면서도 가까스로 달아났다. 그때 어디선가 나타난 엄마가 내 팔을 잡아끌었고 호흡이 엉키면서 딸꾹질이 났다. 집에 도착할 때까지 갈비뼈가 아플 정도로 계속해서 딸꾹질을 해댔다. 그 후로 변민희 아빠를 만날 때면 나는 시선을 피하며 호흡을 가다듬었다. 들숨과 날숨이 조금이라도 어긋나면 딸꾹질이 시작될 것만 같았기 때문이다.

시장에 다니다 보면 별 희한한 소리를 다 듣게 되는데 변민희 아빠에 대한 칭찬도 그중 하나였다. 변민희 아빠는 혼자 딸을 키우는 건실한 남자로 포장된 채 이 입 저 입으로 옮겨 다녔다. 몇몇 아줌마들은 아예 중매쟁이가 되어 엄마를 설득하려들었다. 각자 힘들게 왜 그러고 있냐고, 합쳐서 편하게 애들 키우라고, 외로운 사람끼리 같은 이불 덮고 살도 비비고 그럼 좀 좋냐고. 떠들어대는 입에 옥수수나 대파를 쑤셔 넣고 싶다는 욕망을 강하게 느끼며 나는 혀뿌리에 힘을 주었다. 그러면서도 혹시나 엄마가 동의할까 봐 곁눈질로 살폈다. 눈은 그대로인 채 입으로만 웃고 있었다. 짜증 나는데 참고 있구나. 그제야 긴장이 풀어졌다.

*

독서실에서 공부를 끝내고 평소처럼 9시에 나왔다. 학교나 집에서 더 가까운 독서실도 있었다. 하지만 엄마와 함께 귀가하는 게 좋아서 축산시장 부근 독서실로 구했다. 따로 전화하거나 약속하지는 않았지만, 9시에 축산시장 입구 쪽으로 가면 얼추 형제축산에서 나오는 엄마를 만날 수 있었다. 축산시장 입구에서 집까지 걷는 15분 동안 우리는 도시락 메뉴나 주말 청소 등에 대해 이야기했다. 엄마는 쓸데없는 일을 하는 것을 극도로 싫어하는 사람이라서 산책이나 조깅을 팔자 좋은 짓거리라며 비웃곤 했다. 엄마는 절대 인정하지 않겠지만 축산시장 입구에서 집까지 걸으며 우리가 했던 것은 분명 산책이었다. 산책만으로도 팔자 좋은 사람이 된 것만 같았는데, 나는 그게 호사스러울 정도로 좋았다.

축산시장 입구에서 기다리는데도 엄마가 오지 않았다. '지안축산시장' 간판 오른쪽, 소와 돼지 얼굴 사이에 놓인 시계가 9시 25분을 가리키고 있었다. 나는 슬슬 형제축산 쪽으로 걸었다. 밤의 축산시장은 공포영화에 나올 것처럼 으스스했다. 늘어선 가게의 진열대에서는 붉은 불빛이 뿜어져 나왔고 유리 너머로 보이는 고기들은 하나같이 기괴했다. 옮기는 걸음마다 퀴퀴하고 누린 냄새 덩어리가 팔이며 얼굴에 들러붙는 듯해서 소름이 돋아났다. 밤에는 이쪽으로 다니지 말라고 엄마에게 여러 번 들었으나, 이유 없이 늦는 엄마가 걱정되어서 가만있을 수가 없었다.

형제축산에 다다라 안을 보니 불이 켜져 있었다. 엄마가 먼저 집이나 다른 곳으로 가버린 건 아니구나. 헛걸음하지 않았다는 안도와 함께 축산시장 입구에서부터 꼭 쥐고 있던 주먹의 힘이 풀렸다. 땀으로 축축해진 손으로 유리문을 밀었으나 움직이지 않았다. 안에서 잠긴 듯했다. 엄마는 커다란 냉동고를 들여다보느라 내가 문 앞에서 있는 것도 모르는 것 같았다.

"엄마, 엄마!"

여러 번 불렀는데도 대답이 없었다. 엄마는 빨려 들어갈 것처럼 냉동고 안으로 상체를 깊숙이 넣을 뿐이었다. 꿈쩍도 하지 않는 문손잡이를 흔들며 나는 계속 엄마를 불렀다. 몇 초 후에야 소리를 들었는지, 엄마가 내 쪽으로 고개를 돌렸고 갑자기 비명을 내질렀다. 공포에 질린 엄마의 얼굴은 처음 보는 것이었다. 비명을 지르는 동안 자기 딸을 알아본 엄마가 인상을 찌푸리며 문으로 다가왔다.

"기지배야, 무섭게 뭐 하는 거야?"

그러면서도 유리문을 열어주지는 않았다. 억울해진 나는 대답 대신 벽시계를 가리켰다. 9시 40분을 지나고 있었다.

"벌써 이렇게 된 거야?"

엄마는 빠르게 앞치마를 벗어 던지고는 불을 껐다.

집으로 가는 길에도 엄마는 생각에 잠긴 듯했다. 오늘 학교에 변민희 아빠가 왔었다고 말했으나 아무런 반응이 없었다. 이럴 때 엄마를 귀찮게 했다가는 괜히 혼만

나기 때문에 나는 눈치를 살피며 입을 닫았다.

얼마쯤 걷다가 엄마가 걸음을 멈춰서 나도 따라 멈춰 섰다.

"엄마 운전면허 따야 하니까, 내일부터는 너 먼저 집에 가."

"운전면허? 우리 차 사?"

"그건 아니고. 알았지? 엄마 기다리지 말고 바로 가."

내가 고개를 끄덕이자, 그제야 엄마는 다시 걸음을 옮겼다. 운전면허는 왜 딴다는 거지? 일하는 데 필요한가? 나는 엄마가 평소와 다른 이유가 변민희 때문일 거라고 넘겨짚었다. 정확하게는 딸의 가출 때문에 혼이 빠진 변민희 아빠 때문일 거라고. 그래서 엄마가 관심을 보일 만한 소문 몇 가지를 들려주었다. 변민희가 담임 때문에 가출한 거라는 말이 돌고 있다. 그냥 소문이 아니라 그걸 경찰이 진짜로 믿는다고 한다. 변민희랑 담임이 사귄다는 이야기도 있는데 그것 때문에 담임이 바뀔지도 모르겠다. 여기까지 말했을 때, 엄마가 나에게 물었다.

"니 생각은 어떤데?"

혹시나 거짓말을 들킨 건가 싶어 뜨끔했다. 괜히 변명하듯 말이 나갔다.

"나도 들은 거야."

"민희가 가출한 거라고?"

엄마는 그게 궁금했구나. 나는 안도하며 답했다.

"응. 걔 단짝이 그렇게 말해서 다들 믿어."

"그래, 그랬으면 좋겠네."

뭐가 그랬으면 좋겠다는 거지? 변민희가 가출하기를 바란다는 건가? 엄마도 가출하고 싶다는 건가? 질문을 가득 품은 채 엄마를 힐끔거렸다. 당장은 아무것도 묻지 않는 게 좋겠다. 엄마의 꾹 다문 입매가 언짢은 심기를 드러냈기 때문이다.

엄마와 나 사이에는 몇 가지 룰이 있다. 그중에서 가장 중요한 것은 질문 금지. 엄마가 싫어하는 것에 대해 질문하지 않기. 이 룰을 지키기 위해서는 상당한 노력이 필요하다. 질문을 참기 어려워서가 아니다. 그건 차라리 쉽다. 엄마가 싫어한다는 사실을 깨닫는 것이, 그러니까 엄마의 마음을 알아채기가 의외로 어렵다. 엄마는 제대로 말해주는 사람이 아니니까. 아무리 궁금해도 눈치껏 엄마가 대답하지 않을 것 같으면 질문하지 말아야 한다. 만약 했다가는 며칠간 냉랭한 엄마와 함께해야 하므로 여간 괴로운 게 아니다.

형제축산에서 일하기 전에 엄마는 세탁소 배달 일을 잠깐 했었는데 세탁소 아줌마는 내가 항상 아픈 것으로

40

알고 있었다. 마주칠 때마다 아파서 어쩌누, 불쌍해서 어쩌누, 이런 말을 했기 때문에 알게 된 사실이다. 오해가 있을 거라고 생각한 나는, 어느 날 저녁 엄마에게 질문했다.

"세탁소 아줌마는 내가 왜 아픈 줄 아는 거야?"

엄마는 아무 말 없이 나를 빤히 바라보았다. 얼마나 빤히 보았던지 엄마 눈동자에 빨려 들어가는 듯한 착각이 들 정도였다. 그때 어떻게 상황을 모면했는지는 떠오르지 않지만 이후의 불편했던 공기는 기억난다. 엄마는 내가 없는 듯이 굴었다. 아무 말도 하지 않았고 눈도 마주치지 않았다. 나는 진짜 궁금해서 물었던 거라며 변명도 해보았고 잘못했다며 사과도 해보았으나 엄마는 끝까지 입을 열지 않았다. 둘밖에 없는 집에서 그런 기운을 풍기는 엄마와 마주하는 것은 큰 고통이었다. 일주일 정도가 지난 아침, 눈을 떴을 때 엄마가 큰 소리로 나에게 밥 먹으라고 외쳤고 그렇게 벌이 끝났다. 나는 거의 감격에 겨워 밥을 먹으며 다짐하고 또 다짐했다. 다시는 엄마가 싫어할 것 같은 질문을 하지 말아야지. 다시는 벌받지 말아야지. 항상 엄마의 안색을 살펴야지.

3

　변민희의 실종과 한정철의 부재가 이어졌다. 변민희 아빠는 본인이 직접 딸을 찾기 시작했다. 경찰 측에서 가출로 상황을 판단하고 아이가 돌아올 때까지 기다려보라는 말만 반복했기 때문이다. 이곳저곳에서 전단지를 나눠 주는 변민희 아빠의 모습은 자주 목격되었고 그럴 때면 마주치지 않도록 주변을 돌아가야 했다. 엄마를 기다리던 밤에 축산시장 입구 전봇대에 붙은 전단지를 꼼꼼하게 본 적이 있었다. '보상금 500만 원을 드리겠습니다'에서 '500만 원'이라는 글자가 지면의 반을 차지할 정도로 컸다. 이런 식으로 의지를 드러낼 수도 있는 거구나. 그 아래에는 '쌍꺼풀 없이 눈이 길고 예쁘게 생겼음'이라고 적힌 게 보였다. 키나 몸무게 정보가 있으면 도움이 될 것 같은데 찾아볼 수 없었다. 사건 경위에는 '6월 13일 새벽에 집을 나간 후 현재까지 귀가하지 않고 있음'

이라는 짧은 내용이 전부였다.

변민희 사진은 하단에 박혀 있었는데 작은 사진을 억지로 키웠는지 외곽 라인이 계단 모양으로 떨어졌다. 무언가를 참는 듯 입술을 앙 다문 채로 두 눈은 정면을 응시하고 있었다. 동공의 라인도 계단 모양으로 지글거렸다. 나는 그 눈을 똑바로 바라보며 속으로 질문했다. 너는 여기서 어떤 난리가 났는지 아무 상관도 없겠지? 어디서든 내키는 대로 살고 있겠지? 바로 그 순간, 사진 속 변민희의 얼굴이 움직이기 시작했다. 도톰한 입술이 펼쳐지면서 잇몸이 훤히 드러났다. 온몸에 소름이 오스스 돋아나서 어깨가 움츠러들었다. 나는 팔을 뻗어 전단지를 확 찢어버렸다. 변민희는 반으로 찢기면서도 개구지게 웃고 있었다.

학교에도 꽤 많은 전단지가 돌아다녔다. 교실 쓰레기통에도 복도 바닥에도 소각장에도 변민희가 있었다. 아이들은 변민희를 밟고 뛰어다니며 소문을 옮겼다. 이야기 속에서 변민희와 한정철은 이미 오래전부터 사귀는 사이였다. 여기저기서 목소리를 낮춰 한정철이 변민희를 해하거나 가뒀을 가능성에 대해 주고받았다. 그 둘을 처음 이었던 나조차도 상상하기 버거운 다양한 시나리오가 펼쳐졌다. 나는 괴담을 닮아가는 이야기를 들으며 처음 느껴보는 신기한 감각에 휩싸였다. 내 몸이 순식간에 훌쩍 자라나 다른 아이들을 내려다보는 듯했다. 노력해서 1등을 했을 때와는 전혀 다른 우월감이었다. 특별한 존재가 된 것만 같은 그 만족감은, 위험하다고 느껴질 정도의 아찔한 기쁨을 주었다.

*

화요일, 종례 후에 수학반으로 올라갔다. 공기가 평소와 달랐다. 먼저 와 있던 아이들이 나를 흘깃거리며 자기들끼리 귓속말하는 게 영 기분 나빴다. 조금 뒤에 수학이 들어오더니 나를 보고 물었다.

"얘기 못 들었어?"

아무 이야기도 듣지 못했기에 나는 고개를 끄덕였다.

"이번 주가 모의고사니까, 교무실에서 예상 문제 풀고 귀가하도록 해."

그제야 상황이 이해되었다. 나는 학교 대표로 모의고사를 치를 예정이었고 다른 아이들은 아니었다. 곁눈질하는 아이들 사이에서 5반 반장의 눈을 찾아내어 똑바로 바라본 후 수학반을 나왔다.

교무실에는 선생님 몇몇이 남은 업무를 보고 있었다.

귀퉁이에 있는 수학 자리로 가보니 동력기가 엎드려 자고 있었다. 살짝 흔들자 부스스 고개를 들었다. 시험지에는 문제를 푼 흔적이 없었다. 내가 옆에 앉자 동력기가 말했다.

"너네 반 갔었는데 너 없더라고. 쌤이 이거 다 풀고 가래."

"하나도 안 풀었네, 너는."

"쌤이 잘못 줬나 봐. 이거 3학년 문제야."

동력기 말대로 수학이 뽑아준 것은 3학년 문제였다. 나는 따로 학원에 다닐 형편이 아니라서 방학 때마다 나름의 전략을 세워서 공부했다. 교과서 통째로 외우기. 지난 겨울방학에는 제일 싫어하는 수학 교과서를 집중적으로 외웠다. 하는 김에 탄력받아서 3학년 교과서를 구해다가 함께 외웠는데 그러길 잘했다. 열 개의 문제를 푸는 데 30분이 채 걸리지 않았다. 다 풀고 나서 샤프로 동력기 팔을 톡톡 건드리자, 엎드린 채로 말했다.

"너 계속 보고 있었는데 집중 완전 쩔더라."

동력기가 보고 있는 줄은 몰랐는데 그랬다고 하니 기분이 나쁘지 않았다. 수학이 오기 전까지 할 일이 없을 것 같아서 동력기에게 물었다.

"푸는 방법 알려줘?"

"아니. 지금 배운다고 뭐 알겠니?"

맞는 말이라는 생각이 들었다. 동력기가 다시 입을 열었다.

"모의고사 때도 3학년 문제 나올까? 그럼 나는 안 가는 게 나은데."

"설마. 2학년 모아놓고 3학년 문제를 낼까."

"아니면 쌤이 왜 이렇게 뽑았겠어."

나는 속으로 3학년 문제가 나오면 좋겠다고 생각했다. 그럼 나만 높은 점수를 받을 수 있을 테니까.

"다 풀었으면 가자."

동력기가 일어나서 나도 모르게 따라 일어섰다.

"쌤한테 말 안 하고?"

그 말에 동력기가 멈춰 서더니, 자신의 시험지에 큰 글자로 '저희 가요. 시험 잘 치르고 올게요'라고 쓰고는 나를 보았다. 나는 고개를 끄덕인 후 동력기와 함께 교무실을 나왔다.

복도에서 웅성거리는 소리가 들려왔다. 어리둥절한 채로 3학년 복도를 지나 2학년 복도로 내려가는데 날카로운 비명이 울려 퍼졌다. 나와 동력기는 서로를 마주 보다가 소리 나는 방향으로 달렸다. 우리 교실 쪽이었다.

"걸레라 그랬잖아."

"내가 씨, 니한테 그랬어? 니가 뭔데 지랄이야?"

아이들이 모여 있는 틈으로 들어가니, 미화부장과 최리사가 서로의 머리채를 잡고 한 덩어리가 되어 있었다. 손아귀 힘 때문에 둘 다 고개가 꺾여 괴상한 모습이었다. 최리사는 교복 블라우스 단추가 다 뜯어져서 속옷이 훤히 드러났고 미화부장은 볼이 벌겋게 부어올랐다. 그 상태로 서로의 악력에 저항하려는 듯 느리지만 분명하게 원을 그리며 돌고 있었다. 한 발 또 한 발. 호흡이 좋았다.

"너나 지랄 마. 민희, 걸레라고 그랬잖아."

"그러니까 내가 니한테 그랬냐고, 미친년아."

가까이 다가갔더니 앙칼진 목소리와 달리 둘의 얼굴은 꽤 지쳐 보였다. 눈에 담긴 살기도 강하지 않아서 악을 쓰며 내뱉는 목소리가 서로를 향한 것이 아니라 구경하는 아이들을 향한 것으로 느껴졌다. 머리채를 놓기가 민망하니까 잡고 있을 뿐 상대를 해할 생각은 별로 없어 보였다. 더 강한 것을 기대했던 아이들은 실망한 것 같았으나, 나는 아니었다. 나는 둘을 보며 대단히 만족했다. 반복되던 질문의 답을 드디어 얻었기 때문이다. 학생 주임이 내려와서 둘을 뜯어내기 전까지 10분 남짓한 시간 동안 내가 알게 된 사실은 이러했다.

최리사와 미화부장, 변민희는 같은 초등학교에 다니며 꽤 친했다. 중학교에 온 후로 최리사와 변민희가 편을 먹고 미화부장을 멀리했고 미화부장은 둘을 험담하며 지냈다. 변민희가 실종되기 직전에는 걸레라는 소문까지 냈다. 그러니까 변민희가 미화부장의 mymy를 훔친 이유가 그거였구나. 자리로 돌아가라는 학생 주임의 외침을 들으며 아이들과 밀려나는 중에 동력기가 따라오며 물었다.

"너 쟤들 싫어해?"

"아니?"

"근데 왜 웃어?"

"내가? 아닌데?"

나는 혼자 가고 싶었다. 마지막으로 보았던 변민희의 얼굴에 새롭게 알게 된 정보를 채워보고 싶었다. 따로 가자는 말을 어떻게 꺼내는 게 좋을지 궁리하며 동력기와 교문을 나섰다. 동력기는 내가 묻지도 않았는데 요즘 너무 졸리지 않냐고, 자기는 잠병 걸린 사람처럼 자도 자도 또 졸린다는 이야기를 종알거렸다. 다행히 버스 정류장 앞에서 동력기가 멈춰 섰다.

"난 여기서 108번 타야 해, 넌?"

"난 저쪽으로. 우리는 시험장에서 보겠다."

깔끔한 정리라고 생각하며 돌아서려는데 동력기가 내 쪽으로 걸음을 옮겼다.

"내가 너 가는 데까지 같이 가줄까? 시간 많거든."

"나 늦어서 뛰려고. 안녕."

그러고는 그길로 도망치듯 내달렸다. 혹시나 동력기가 따라올까 봐 뒤돌아보았더니 정류장에서 나를 향해 휘휘 팔을 휘젓고 있었다.

*

6월 25일, 동천중학교에서 드디어 과학고 모의고사가 치러졌다. 지안시에 있는 열한 개 중학교에서 20여 명의 학생이 참석했는데 교문 앞에는 그보다 훨씬 많은 수의 보호자가 매달려 있었다. 나는 혼자 교문을 통과해 시험장으로 들어섰다. 앞자리에 앉아 있던 동력기가 나를 보고는 반가워하며 입을 열었으나, 나는 거부의 뜻으로 고개를 좌우로 돌렸다. 에너지를 흐트러뜨리고 싶지 않았기 때문이다. 전날 밤 3학년 수학 교과서를 죽 훑느라 잠을 설쳐서 머리가 멍했다. 동력기는 뭔가를 내 책상에 놓아주고는 앞쪽을 향해 앉았다. 포장지에 '포켓 커피'라고 적힌 게 눈에 들어왔다. 이게 커피라고? 마시고 나면 정신이 좀 들겠다, 싶어서 포장지를 뜯었다. 커피가 아닌 초콜릿이 나왔다. 입에 넣었더니 처음 느껴보는 풍부한 맛이 코와 혀를 자극했다. 어금니로 초콜릿을 깨물자, 놀랍게도 씁쓸한 커피가 흘러나왔다. 입안이 너무 다채로워서 관자놀이 쪽이 지끈거렸다.

그래서 그랬을까? 커피도 아니고 초콜릿도 아닌 걸 먹어서? 문제는 총 다섯 개였으나 나는 한 문제도 풀 수 없었다. 처음 10분 정도까지는 손에서 땀이 나고 머리가 뜨거웠다. 하나도 모른다니, 그렇게 열심히 공부했는데. 모든 문제는 주관식이었다. 제시한 상황이나 그림을 설명할 수 있는 공식을 찾고 그 공식으로 답이 나오는 과정을 서술하라는 식이었다. 물컵에 물을 따랐을 때 봉긋 오른 물의 양을 구하라고도 했고 원 안에 나열된 도형들을 최대한 빈틈없이 넣고 공식으로 이유를 설명하라고도 했다. 2학년 수학 교과서에도 3학년 수학 교과서에도 나오지 않는 문제였다. 내가 빠뜨렸을 리 없다.

곧이어 문제를 낸 사람에게 화가 났고 배신감이 치밀어 올랐다. 얼마나 열심히 했는데 내가 풀지 못하는 문제를 내다니. 나는 문제를 노려보며 샤프로 밑줄을 그었다. 1번, 2번, 3번, 4번, 5번. 밑줄 긋는 속도가 점점 빨라졌다. 문제가 보이지 않을 정도로 그어대다가 어느 순간 시험지가 찢어지며 샤프가 걸렸다. 그제야 나는 샤프를 손에서 놓았다. 탁 소리가 커서 아이들과 감독관이 흘깃 나를 돌아보는 게 느껴졌다. 입술을 꾹 다물고 찢어진 시험지를 내려다보고 있었더니 갑작스럽게도 눈물이 쏟아질 것만 같았다. 지난 15년 인생이 덧없게 느껴지는 회한의 눈물이었다. 나만 보고 사는 엄마에게 죄스러운 마음마저 들어서 눈물을 참기가 힘들었다. 나는 오른손 검지손톱으로 왼손 엄지손톱 속 연약한 살을 꾸욱 눌렀다. 살과 손톱이 분리되며 피가 살짝 배어 나왔다. 그 통증으로 신경이 쏠린 덕분에 눈물을 쏟아내려고 웅웅거리던 눈두덩이가 잠잠해졌다.

호흡을 고르고 주변을 둘러보았다. 벽시계는 시험이 시작된 후로 27분이 흘렀음을 알려주었다. 아예 시험지에서 손 뗀 아이는 나뿐이었고 모두 뭔가를 열심히 쓰고 있었다. 감독도 문제를 풀어보는 듯, 시험지에 이것저것을 끄적였고 앞자리에 앉은 동력기도 뭔가를 써 내려갔다. 수학이 내준 3학년 문제는 하나도 못 풀던 동력기가, 잠병에 걸려서 맨날 잠만 자던 동력기가 내가 포기한 문제를 풀고 있었다. 이 공간에서 문제를 풀지 못하는 사람은 나뿐이었다. 아이들의 연필 소리가, 교실의 의자가, 칠판이, 벽과 바닥이, 주머니 속의 초콜릿이 이렇게 말하는 듯했다. 여기는 네가 있을 곳이 아니라고.

　과학고 모의고사를 치른 후 며칠간은 얼떨떨한 상태로 지냈다. 내가 겪은 것을 제대로 이해하기 위해서는 시간이 필요할 것 같았다. 내 속에서 이상한 변화들이 초 단위로 발생하는 게 생생하게 느껴졌다. 무언가가 번식하는 것도 같고 소멸하는 것도 같은 기괴한 변화였다. 그 변화가 미래에 커다란 차이를 만들어낼 거라는 걸, 나는 직감했다.

　모의고사를 치르기 직전까지, 먹고 자는 시간 외에는 대부분 공부를 했다. 나는 공부를 잘하는 아이여야 했고 그렇게 되기로 결심했기 때문이다. 결심했던 날을 기억한다. 초등학교 3학년 때였다. 당시 엄마는 목욕탕 청소 일을 했는데 그 목욕탕 주인 아저씨와 바람났다는 소문이 내 귀에도 들려왔다. 듣고 선 바닥이 흔들려서 서 있기가 힘들었다. 불안한 마음을 가라앉힐 요량으로 공부를 했고 그 덕에 중간고사에서 좋은 성적을 받았다.

　성적표를 보고 엄마가 묘한 표정을 지으며 말했다.

　"너는 공부에 재능이 있구나?"

　며칠 후에는 목욕탕에 온 손님에게 엄마가 이렇게 자랑하는 걸 들었다.

"우리 애가 1등을 했더라고요."

손님은 뜬금없는 자랑에 불편해하는 것처럼 보였지만 대충 맞춰주듯 어떻게 공부시켰냐고 물었다. 엄마는 서늘할 정도로 정색하면서 답했다.

"재능이 있어서 그래요, 재능이."

그 뒤로 엄마는 자주 재능이라는 단어를 내뱉었다. 엄마 입 밖으로 나오는 재능에는 기대가 들러붙어 있었고 나도 덩달아 기대를 품게 되었다. 엄마에게 버림받을지도 모른다는 불안은 재능으로 모습을 바꾸며 훌쩍 자라났다. 공부를 향한 질주가 시작되었다. 주도면밀하게 계획을 세웠고 자는 시간을 줄였다. 다음 시험에서도 1등을 했다. 그때만 해도 1등은 정말 쉬웠다. 밤새우며 공부하는 초등학생은 없었으니까. 주변을 보는 시선도 바뀌었다. 나는 재능 있는 아이들을 귀신같이 찾아냈고 질투했다. 반면 재능 없는 아이들은 살 가치가 없다고 느꼈다. 쟤는 재능도 없는데 왜 밥을 먹을까? 왜 살까? 그러니까 모의고사에서 나는 스스로 살 가치가 없다는 것을 깨닫게 된 것이다.

*

    한 달이 지나도 변민희가 돌아오지 않자, 변민희 아빠는 한정철을 조사해달라는 내용이 적힌 피켓을 들고 곳곳에서 일인 시위를 벌이기 시작했다. 피켓 뒷면에는 실종 전날 오거리에서 변민희가 한정철에게 맞는 모습을 목격하신 분은 연락 달라는 내용도 적혀 있었다. 시장 입구나 학교 교문에서 피켓을 든 변민희 아빠를 볼 때면 나는 왔던 길을 되돌아가곤 했다.

    하교 후에 엄마 심부름으로 비닐봉지 뭉치를 사서 형제축산에 들렀다가 낯선 풍경과 맞닥뜨렸다. 유리문 바로 앞 타일 바닥에 웬 여자가 무릎을 꿇고 앉아 있었던 것이다. 변민희 아빠는 세척대에 서서 곱창을 씻고 있었고 엄마는 보이지 않았다. 나는 문 앞에 어정쩡하게 서서 가게 안을 바라보았다. 내 쪽에서는 무릎 꿇은 여자의 뒷모습이 보였다. 옆으로 삐져나온 배의 모양으로 보아 임신부인 것 같았다. 임신부는 무언가를 말하는 것 같았으나 너무 작아서 나에게는 들리지 않았다. 흥분한 변민희 아빠가 임신부 얼굴 앞에 곱창을 흔들어대며 말했다.

    "우리 민희를 데리고 와보시라고요. 다 필요 없으니까, 애를 찾아와보시라고요."

나는 변민희 아빠가 하얀 개의 배를 내리쳤듯이 임신부의 배를 내리칠까 봐 긴장되었다. 또 딸꾹질이 나올 것 같아서 숨을 길게 들이마시고 길게 내쉬었다.

　　임신부가 목소리를 키워 말했다.

　　"저희 좀 봐주세요, 아버님."

　　"누가 누굴 봐줍니까, 지금. 우리 애가 한 달 넘게 연락이 없어요!"

　　"오해가 있으신 것 같은데, 시위라도 멈춰주시면."

　　임신부의 말이 채 끝나기도 전에 변민희 아빠의 목소리가 튀어나왔다.

　　"오해요? 우리 애가 바깥양반한테 맞고 사라졌어요. 그래도 오햅니까?"

　　그제야 나는 임신부가 한정철의 아내임을 알게 되었다. 입술이 말라서 혀로 침을 축이는데 뒤에서 누군가가 내 어깨를 잡았다. 돌아보니 엄마였다.

　　"너 왜 여깄어?"

　　엄마는 안쪽 상황을 살핀 후, 내 손에서 비닐봉지 뭉치를 뺏어 들었다.

　　"가서 공부나 해."

　　내가 멍하니 서 있자 엄마가 등을 찰싹 때렸다. 나는 아쉽게도 돌아설 수밖에 없었다.

다음 날 밤 9시에도 축산시장 입구로 갔다. 부옇게 달무리가 끼어서 주변이 한층 고요하게 느껴졌다. 어둑한 사방에서 꼭 뭔가가 튀어나올 것만 같았다. 두려움을 쫓아내려고 가볍게 제자리걸음을 하는데 인기척이 느껴졌다. 시선을 들자, 이쪽으로 다가오는 실루엣이 보였다. 엄마라기에는 좀 컸다. 가로등 빛에 드러나는 얼굴은 변민희 아빠였다.

"느이 엄마가 일이 좀 남았다. 니가 기다릴 거라고 해서 아저씨가 대신 나왔어."

나는 주먹을 꽉 움켜쥐었다. 그럴 리가 없다. 엄마는 일이 남았으면 기다리게 둘 사람이다. 굳이 변민희 아빠에게 내가 기다린다는 소리를 했을 리가 없다.

"엄마는 언제 끝나는데요?"

"금방 끝나. 가게 가서 기다릴래?"

원래 여기서 기다리다가 엄마가 늦으면 가게로 가보는 동선이었으나, 바로 대답할 수가 없었다. 변민희 아빠의 의도를 파악할 수가 없었기 때문이다. 하지만 그렇다고 마냥 서 있을 수도 없는 노릇이었다. 엄마가 걱정되기도 해서, 내가 먼저 걸음을 뗐다.

"가요."

몇 걸음을 함께 걷다가 변민희 아빠가 입을 열었다.

"학교에서 우리 민희가 진짜 불량아였니?"

나는 입술을 닫은 채로 혀끝을 이로 세게 물었다. 정신이 또렷해졌다. 변민희 아빠와 이런 대화를 나누고 싶지 않았다. 대화를 빨리 끝내기 위해서는 상대가 듣고 싶어 하는 것을 말해주는 게 최선이다. 나는 변민희 아빠가 원하는 말을 해주었다.

"제 눈에는 문제없어 보였어요."

"그래? 그럼 왜 그렇게 말했니?"

"뭘요?"

"우리 민희가 학교에서 나빴다며? 담임이랑 이상했다는 것도 니가 말해줬잖아."

"제가요?"

"그래. 느이 엄마한테 그렇게 말했다면서?"

그렇구나, 짧은 순간에 상황이 파악되었다. 엄마가 그걸 다 말해버렸구나. 변민희 아빠가 한정철에게 집착하는 이유가 최리사의 증언 때문이 아니었구나. 내가 할 말은 다시 정해졌다.

"죄송합니다."

"아니, 아저씨가 사과를 들으려는 게 아니야."

변민희 아빠는 언성을 높였다가 애원하는 등 불안할 정도로 빠르게 톤을 바꿔가며 변민희가 학교에서 어땠

는지 물었다. 나는 어떤 말도 하지 않았다. 형제축산에
다다라 가게 문을 열고 나오는 엄마가 보이자 그제야 꽉
물고 있던 어금니의 힘을 풀었다. 저릿한 감각이 턱에서
귀로 옮겨가는 게 느껴졌다. 엄마는 변민희 아빠에게 고
개 인사를 하고는 내 손을 잡아끌었다.

"이만 가볼게요."

"아직 얘기가 남았는데, 좀만 더 있다가 가지."

"내일 애 학교도 가야 해서요."

엄마는 빠른 걸음으로 걷기 시작했고 나도 따라 걸었
다. 우리는 집으로 걸어가는 동안 아무 말도 하지 않았
다. 나는 왜 변민희 아빠가 시장 입구로 나왔는지, 아니
그것보다 내가 했던 말을 왜 변민희 아빠에게 전했는지
궁금했지만 묻지 않았다. 엄마가 대답해주지 않을 거라
는 사실을 너무 잘 알고 있었기 때문이다.

4

여름방학을 앞두고 학교 전체가 들썩이는 것만 같았
다. 변민희의 실종에 대한 소문은 여전히 인기였다. 저녁
뉴스에 변민희 전단지가 3초 정도 노출된 후로는 전국
각지에서 변민희를 봤다는 목격담이 끼어들기 시작했다.
누구의 아는 사람은 서울에서 봤다고 했고, 누구의 아는
친척은 대구에서 봤다고 했다. 자리에 앉은 채로 동에 번
쩍 서에 번쩍, 변민희의 등장에 귀를 기울이고 있는데 갑
자기 목소리가 멈췄다. 고개를 들자 문 앞에 선 한정철이
보였다. 조례와 종례를 수시로 빠지더니 요즘에는 국사
수업도 자습으로 대체되어서 통 얼굴을 보지 못했다. 한
정철은 낯선 눈빛으로 아이들을 훑어본 후 내게 말했다.

"반장, 잠깐 나와봐."

한정철을 따라 들어간 곳은 교무실 옆 남교사 휴게실
이었다. 소파에는 처음 보는 아저씨가 앉아 있었다. 한정

철이 변민희 실종 담당 형사님이라며 소개해주었다.

"너한테 묻고 싶은 게 있어서 오셨어. 아는 것만 답해주면 돼."

심장이 요동치기 시작했다. mymy 숨긴 게 들켰나? 아니, 그럴 리 없다. 내부를 진정시키려고 의식적으로 숨을 길게 내쉬며 형사 앞에 앉았다.

"변민희 학생을 마지막으로 본 게 언제지?"

엄지손톱 속살을 검지손톱으로 꾸욱 누르며 정신을 가다듬었다. 조금 전까지 널뛰던 머릿속이 어느새 고요해졌다. 내가 변민희 이름 아래에 그렸던 반듯한 세모를 이 형사도 보았을 것이다.

나는 형사의 눈을 빤히 바라보며 말했다.

"화요일 아침이요."

"특이 사항은 없었니? 당시 상황이 어땠지?"

"교실에는 저 혼자 있었고요, 변민희는 왔다가 바로 갔어요."

이번에는 한정철이 끼어들었다. 평소와 달리 옹색하고 급한 말투였다.

"리사 말로는 민희가 mymy를 훔쳤다고 하던데, 혹시 두고 가지 않았어?"

"네."

"그래? 두고 갔다는 거야?"

"아니요. 뭘 두고 그런 거 없이 그냥 갔어요."

"지금 반장이 마지막 목격자인 거야. 그러니까 좀 책임감 있게 대답을 해."

내가 입을 꾹 다문 채 바닥만 바라보자, 형사가 주머니에서 뭔가를 꺼내며 말했다.

"혹시 일행이 있지는 않았어?"

그러고는 테이블에 여러 장의 사진을 늘어놓았다.

"이 중에 봤던 얼굴이 있니?"

오른쪽 볼에 커다란 점이 있는 남자도 사진 중에 있었다. 진지한 얼굴로 카메라를 바라보고 있었지만, 개그맨과 묘하게 닮았다. 시선 끝이 너무 오래 머물렀던 것 같아서 빠르게 돌리다가 한정철과 눈이 마주쳤다. 한정철은 볼에 점이 있는 남자를 가리키며 물었다.

"얘를 아는 거야, 그렇지?"

과거 한정철에게 했던 대답을 번복하고 싶지 않았다. 그래서 나는 이렇게 답했다.

"아니요."

"어디서 거짓말이야."

한정철의 목소리가 날카로워지자 형사가 말렸다.

"애가 모른다잖아요."

"얘들이 얼마나 말을 잘 바꾸는지 모르셔서 그래요. 너 똑바로 말해."

한정철의 커다란 눈에 핏발이 선 게 보였다. 왜인지 그 순간, 사대천왕 책받침 속의 한정철이 떠올랐고 입 밖으로 아주 작은 웃음이 새어 나왔다. 그걸 보고 한정철이 눈을 부라렸다.

"웃어? 이게 진짜!"

솟구쳐 오른 한정철의 손을 형사가 빠르게 잡으며 말렸다.

"에헤이, 이러지 맙시다."

나는 눈에 다시 한번 힘을 주며 말했다.

"선생님이 마지막으로 봤겠죠. 둘이 사귀는 사이였다면서요?"

형사가 움찔, 반응하는 것을 놓치지 않고 살피며 말을 이었다.

"진짜 사귄 거예요? 그래놓고 길에서 변민희 때린 거예요?"

나를 향한 한정철의 눈동자에 빛이 사라지고 있었다. 나는 내가 내뱉은 말이 한정철을 곤란하게 만들 수 있다는 것을 잘 알고 있었다. 그걸 알고 한 소리였다. 한정철은 강한 어른이었고 나는 약한 아이였기 때문에 크게 죄를 짓는다거나 미안하다는 느낌은 들지 않았다.

*

변민희는 돌아오지 않았지만 가을은 돌아왔다. 춘추
복을 꺼내 입는데 그새 살이 빠져 허리가 헛돌았다. 엄마
한테 부탁하기가 미안해서 옷핀으로 대충 고정하고 집
을 나섰다. 변민희의 실종에 가장 큰 책임이 있는 듯 보
였던 한정철은 증거 불충분으로 용의선상에서 풀려났다.
그런데도 학교에서 잘렸다. 들리는 소문으로는 전교조
라 원래부터 벼르던 선생이 많았다고. 국사 수업은 임시
선생이 와서 맡았고 구멍 난 담임의 자리는 물리로 채워
졌다.

누가 먼저 시작했는지는 모르겠으나, 교실 칠판에는
당번 숫자 아래에 변민희의 실종 날짜를 알리는 숫자가
적혔다. 시간이 흐르면서 숫자를 적는 아이들이 자꾸만
깜빡했고 결국 가장 먼저 등교하는 내가 숫자를 적게 되
었다.

변민희 옆에 157을 적은 날 중간고사 성적표가 나왔
다. 3등이었다. 전교 등수가 아니라 반 등수. 전교 등수
는 끔찍하게도 26등. 과학고 모의고사를 치르기 전까지

는 전교에서 5등 밖으로 밀려난 적이 없었다. 당연한 결과였다. 다른 아이들이 먹고 자고 노는 시간에 나는 공부했으니까. 6학년 때부터 네 시간만 자며 시간을 쪼개 공부했다. 더 이상 줄일 잠도 없었고 쪼갤 시간도 없었다. 동력기 같은 아이들이 제대로 공부를 시작할 때 밀려날 수밖에 없는 처지임을 누구보다 나 자신이 잘 알고 있었다. 그날 동천중학교 교실에서 마주했던 것은 풀 수 없던 문제들이 아니라 공부에 재능이 없다는 진실이었다. 누군가가 내 머리통을 열고 물을 가득 부어버린 듯했다. 보이는 것은 흐릿했고 들리는 것은 먹먹했다. 조금만 방심하면 눈, 코, 입 어느 구멍에서든 물이 흘러나올 것만 같아서 긴장을 풀 수 없었다. 손톱 속살을 아무리 찔러대도 이전의 감각이 느껴지지 않았다.

그런 중에도 엄마를 실망하게 해선 안 된다는 의지만은 선명해서 하교 후 독서실에 앉아 성적표를 꺼내 펼쳤다. 옆에는 다른 선생들 몰래 챙겨두었던 빈 성적표를 나란히 두고 빤히 바라보았다. 잠시 후, 그 위에 미농지를 대고 숫자와 도장을 그려 넣기 시작했다. 집중해서 3을 1로, 26을 4로 만드는 중에 누군가가 톡톡 어깨를 쳤다. 숨을 거꾸로 들이켜서 하마터면 4위에 선을 직 그을 뻔했다.

"너희 엄마한테 전화 왔어."

나른한 총무 언니 목소리에 그제야 입 밖으로 바람이 비어져 나왔다.

집에 들어갔더니 엄마는 밥상 위에 통닭을 올려놓고 있었다. 뒤통수에서 목으로 흐르는 피가 차갑게 식는 듯했다. 어린 시절 예기치 않은 엄마의 다정함을 만날 때면 나는 어찌할 바를 모른 채로 흐엉흐엉 울곤 했다. 평소와 다른 엄마의 행동이 유기의 예고처럼 느껴졌으니까. 드라마나 영화에 나오는 엄마처럼 이렇게 잘해주고는 나를 버릴 거라고 확신했다.

"뭐 하고 섰어? 앉아서 먹어."

엄마는 말하면서 닭다리와 날개 등을 먹기 좋게 뜯어냈다. 내가 쭈뼛쭈뼛 앉자 엄마가 손을 옷에 슥슥 닦고는 웬 카드를 내 쪽으로 내밀었다. 운전면허증이었다. 엄마의 증명사진 옆으로 이름과 주소, 적성검사 기간 등이 적혀 있었다. 나는 축하할 타이밍을 놓친 채 멀뚱히 운전면허증을 바라보았다.

"머리가 좋기는 한가 봐. 떨어지는 사람은 열 번이고 스무 번이고 떨어진대."

엄마는 운전면허증을 지갑에 고이 챙겨 넣고는 닭다

리를 들고 먹기 시작했다. 살을 뜯고 뼈를 빼는 사이사이 필기시험에서 얼마나 높은 성적을 받았는지, 도로 주행에서는 또 얼마나 능숙하게 위기를 극복했는지 늘어놓았다. 나는 속으로 안도했다. 무언가를 예고하는 게 아니구나. 잘못된 건 아무것도 없구나. 그제야 나도 닭고기를 들어 입에 넣었다. 짭조름하면서도 고소했다.

밥상을 치우고 설거지까지 마쳤는데도 8시가 되지 않았다. 누워서 티브이를 보는 엄마 옆에 독서실에서 수정했던 성적표를 밀어주며 사인해달라고 했다. 심장박동이 조금 빨라졌지만 목소리는 꽤 안정적으로 흘러나왔다. 엄마는 흘깃 보고는 귀찮으니 사인은 니가 하라고 했다. 그러고는 이렇게 말을 붙였다.

"이번에도 잘했네."

그 목소리와 함께 긴장이 풀어졌다. 할 일을 제대로 끝냈을 때 찾아오는 기분 좋은 피로감이 몰려왔다.

*

해가 바뀌었다. 경찰은 변민희 실종의 이유가 가출인지 납치인지 사고인지 아무것도 밝혀내지 못했다. 변민희 아빠는 가만있으면 미칠 것 같으니 전국을 뒤져서라

66

도 딸을 찾아보겠다고 했단다. 그러면서 엄마에게 형제축산을 싸게 넘길 테니 받으라고 했다. 프러포즈받은 신부처럼 엄마는 그 며칠을 들뜬 채로 지냈다. 하지만 은행을 몇 번 오간 후로는 곧장 풀이 죽었다. 보증금과 권리금을 감당할 돈이 없음을 파악했기 때문이다.

뭘 모르는 내가 보기에도 우리가 형제축산을 인수할 형편은 아닌 것 같았으나 엄마는 포기하지 않았다. 대출이 가능하다는 은행을 찾아서 시외버스를 타고 갔다 오기도 했다. 할 수 있는 방법을 총동원해도 변민희 아빠가 제안한 금액의 30퍼센트가 안 되었다. 그럴 때 사람들은 아깝다는 말을 쓰지 않는다. 부족분이 30퍼센트 정도일 때나 아까워하지. 하지만 엄마는 아까워했다. 형제축산이 자신의 손에 들어왔다가 허무하게 날아가기라도 한 듯이. 형제축산은 다른 정육업자에게 넘어갔고 엄마는 근처 식당에 스카우트되었다. 식당 주인이 변민희 아빠가 부재한 동안에도 열심히 일하던 엄마를 눈여겨봤단다. 그 덕분에 엄마 말마따나 우리 두 식구 입에 풀칠은 할 수 있게 되었다.

중3 겨울방학이 그렇게 중요하다는데, 나는 마음을 잡지 못한 채 독서실과 집을 오갔다. 내 고민들은 여전히 들어찬 물처럼 머릿속에서 찰랑거렸다. EBS 특강이 있어서 문제집을 챙겨 들고 휴게실로 나가는데 삐삐가 울렸다. 음성메시지가 왔다는 알림이었다. 특강이 끝난 후에 공중전화로 가서 음성사서함을 들었다. 한정철이었다. 작년에 학교에서 잘렸던 그 한정철. 용의선상에서 벗어난 후로도 소문은 계속되었다. 그런데도 한정철은 동네를 떠나지 않았다. 학교 근처에 초등학생을 대상으로 보습학원을 차렸다가 두 달 만에 망했다는 소식은 들어서 알고 있었다. 멍청이가 아닌가 싶었다. 어떻게 학원을 차릴 수가 있지? 어느 누가 학생이랑 그렇고 그렇다는 추문이 도는 선생에게 자식을 맡기겠어. 그 후 한정철에 관해 들은 소식은 없었지만 학원도 망했으니 당연히 이사를 갔겠거니, 했다. 어디든 여기보다는 나을 테니까.

지난달에 티브이를 통해 근황을 확인하고 나서야 예상이 빗나갔음을 알게 되었다. 미결 실종 사건을 다루는 심야 프로였다. '변민희 양에게 무슨 일이 있었을까?' 자막이 지나간 후 취재진은 어느 가정집 현관문 앞에 서서 당시 담임이었던 선생님을 찾아왔다고 했다. 벨을 누르자 현관문을 열고 남자가 나왔다. 모자이크 처리되었으나 너무 잘 알아볼 수 있었던 한정철이 카메라를 발견하고는 큰 소리로 외쳤다. 방송국에서라도 진상을 좀 밝혀달라고, 뭐라도 찾아서 제발 자신의 누명을 벗겨달라고. 취재진은 한정철의 적극적인 모습에 오히려 놀랐는지 이렇게 물었다. 이사를 가거나 새롭게 시작할 생각은 안 해보셨느냐고. 한정철은 예의 낮고 굵은 목소리로 말했다.

"명색이 선생인데 도망칠 수는 없습니다. 어떻게 해서든 명예를 회복해야죠."

명예라니, 귀를 찔리기라도 한 듯 인상이 찌푸려졌다. 아직까지 정신 못 차리고 있구나. 음성사서함에는 한정철이 전화 달라며 자기 번호를 남겨두었다. 바로 전화해볼까 하다가 이상하게 긴장이 되어서 독서실에서 나온 후에 전화를 걸었다. 밤 9시가 넘은 시각이었기 때문에 받지 않을 수도 있겠다고 생각했으나, 한정철은 바로 받았다. 반가운 목소리로 만나자고 했고 약속 시간은 일요일 점심으로 정해졌다. 전화를 끊고는 다이어리를 펼쳐 확인해보았다. 변민희가 사라지고 231일이 지나 있었다. 그동안 상상 속의 변민희는 계속해서 잇몸이 드러날 정도로 환하게 웃으며 날아다녔다. 너무 자주 떠올리다 보니 변민희가 날아다니는 모습을 꼭 두 눈으로 본 것만 같았다. 게다가 아주 가끔은, 웃으며 날아다니는 얼굴이 변민희의 것이 아니라 나의 것으로 느껴져 섬뜩하기도 했다.

　엄마가 청소를 도와달라고 해서 형제축산으로 갔다. 변민희 아빠는 떠난 상태였고 우리는 남은 것만 치워두면 된다고 했다. 엄마는 내게 걸레질을 지시한 후 냉동고 정리를 시작했다. 다라이에 락스 물을 만들며 흘깃흘깃 봤더니 엄마는 신중하게 아이스박스에 고기를 넣고 있었다. 그럼, 그렇지. 저 고기를 챙기려고 청소를 자진했겠구나. 기분 좋아 보이는 엄마의 옆얼굴을 보며 나는 온 힘을 다해 걸레질을 했다. 난방을 꺼두어서 실내인데도 허옇게 입김이 올라왔다. 한정철 아내가 무릎을 꿇고 있던 바닥도 닦았고 변민희 아빠가 곱창을 자르던 세척대 옆 스테인리스 도마도 닦았다. 어찌나 열심히 닦았던지 근육이 떨려서 중간중간 멈춰야 할 정도였다. 그럴 때면 바닥으로 땀이 뚝뚝 떨어졌고 나는 걸레로 얼른 닦아냈다.

　얼추 정리되어갈 때쯤 엄마는 잠시 기다리라며 앞치마를 벗고 나가버렸다. 걸레를 빨아서 널어두고 고기가 든 아이스박스를 문 앞까지 모두 옮겨두었는데도 엄마는 돌아오지 않았다. 나는 락스 물이 닿아 미끄덩거리는 손가락 끝을 매만지며 밖을 바라보았다. 파란 트럭 한 대가 입구를 막고 섰을 때 빼달라고 부탁하려고 했다. 유리문을 여는 순간, 운전석에서 엄마가 뛰어내렸다. 내가 멍하니 서 있었더니 엄마가 나를 밀치며 말했다.

"뭐 해? 고기 옮겨야지."

"웬 트럭이야?"

"잠깐 빌린 거야. 박 씨 꺼."

도축장에서 일하는 박 씨 아저씨는 시장 곳곳에 불려 다니며 허드렛일을 하는 인물이었다. 처음 봤을 때는 좀 모자란가 싶었으나 그냥 착한 거였다. 엄마는 아주 군자가 납셨다고 비아냥거리면서도 도움이 필요할 때면 박 씨 아저씨부터 찾았다.

도로를 달리는 동안 엄마는 허리를 꼿꼿이 세운 채 핸들을 잡았는데 그 모습이 낯설어서 계속 눈길이 갔다. 흘깃거리는 게 걸렸던지 엄마가 말했다.

"엄마 폼 좋지? 연수받는데 박 씨가 그러드라, 폼 좋다고."

"그런 것도 받은 거야?"

"그러엄, 연수도 안 받고 도로에 나올 수 있는 줄 알아?"

자부심으로 빛나는 엄마의 옆얼굴을, 나는 홀린 듯이 바라보았다.

그날 밤 우리는 배가 터질 정도로 많은 고기를 구워 먹었다. 냉장고를 가득 채우고도 고기가 남았기 때문이다. 엄마는 고기를 굽고 또 구웠다. 나는 밥상 앞에 앉아서 열심히 고기를 먹었다. 오래간만에 이런저런 대화가 오갔다.

"변민희 아빠는 그럼, 어디서 사는 거야?"

"낸들 아냐. 전국을 돌아다닌다는데 그것도 하루 이틀이겠지?"

"그냥 여기 있지. 변민희가 돌아왔는데 자기 아빠가 없으면 그것도 코미디잖아."

나는 웃긴 말을 내뱉은 것 같아서 뿌듯했지만, 빈 접시를 채우러 간 엄마는 제대로 듣지 못한 것 같았다. 밥상 위에 고기가 쌓인 접시를 올리며 말했다.

"딸이 죽었는데 다 뭔 소용이겠냐?"

"죽어? 변민희가 죽었대?"

목소리가 너무 크게 나와서 나도 놀랐다.

"소문이 그렇잖아."

"소문? 뭔 소문?"

"있어, 시장에 도는 소문."

"나빴다들. 아무리 그래도 그건 아니다."

엄마는 커다란 고기를 입안에 쏙 넣으며 말했다.

"아주 군자가 납셨어."

민망해진 나는 엄마를 따라 고기를 입에 넣으며 생각했다. 어른들은 소문을 무섭게도 지어내는구나. 학교에서 애들이 만들어내는 소문은 한정철과 변민희가 잤느냐 안 잤느냐 정도인데 말이다.

5

　오거리 카페에는 약속 시간 5분 전에 도착했다. 그런데도 한정철이 먼저 와서 커피를 마시고 있었다. 밤새 뒤척여서 걸음을 옮길 때마다 뇌가 한 박자 늦게 따라오는 기분이 들었다. 한정철이 연락한 이유를 생각하다 보니 잠이 확 달아나버렸다. 왜 만나자는 걸까? 소문을 지어내서? mymy를 숨겨서? 아니지, 들켰을 리가 없지. 그렇다면 도대체 왜? 대답 없는 질문만 반복하다가 창밖으로 퍼렇게 동이 트는 것을 보았다.

　다가가서 앞에 앉자 한정철이 고개를 들었다. 거뭇거뭇한 수염 자국 때문에 초췌해 보였으나 곽부성을 떠올리게 하는 커다란 눈매와 가느다란 입술은 그대로였다.

　"아, 왔구나. 오랜만이야."

　한정철은 메뉴판을 내 쪽으로 밀어주며 간단한 식사도 있으니 먹고 싶은 걸 고르라고 했다. 식사 메뉴에는 야채볶음밥, 나폴리스파게티, 햄에그샌드위치, 토스트 이렇게 네 개가 먹음직스러운 사진과 함께 붙어 있었다. 점심시간이라 배 속 장기들이 요동쳤지만, 알맞다고 판단되는 코코아를 주문했다. 메뉴판을 덮은 후 한정철이 입을 열었다가 닫았다. 뭔가 할 말을 참는 것 같았는데, 그게 뭔지 몹시도 궁금했다. 다시 한정철의 입술이 열렸을 때, 나는 신경을 귀로 모았다.

"그래, 진로는 정했니?"

뭐가 그렇다는 거지? 그 전에 오간 이야기가 없었음에도 동의부터 하고 보는 이상한 말투는 여전한 듯했다. 진짜 궁금해서 묻는 게 아니라 헛말이 튀어나온 것일 뿐이라고 생각했으므로 나는 대답하지 않았다. 한정철 혼자 말을 이었다.

"반장이 하고 싶은 걸 선택하는 게 좋아."

"제가 하고 싶은 게 뭔데요?"

"미술."

예상치 못했던 대답에, 시선을 들어 한정철을 보았다.

"그림 그리고 싶다고 생활기록부에 써뒀잖아. 당장은 힘들어 보여도 시작해보면 방법이 생길 거야. 반장 성적이면 장학금 받을 수도 있을 테니까, 미술 선생님 찾아가서 여쭤봐."

"저 미술 안 하고 싶은데요? 그 얘기 하려고 부르신 건 아닐 거잖아요."

말은 그렇게 했지만 속으로는 조금 놀랐다. 그걸 다 기억하고 있었다니. 머릿속에 들어찼던 물이 일순간 빠져나가며 모든 것이 선명해지는 듯한 기분이 들었다. 질문이 마구 솟구쳤다. 장학금은 어떻게 받을 수 있는 건데요? 성적이 떨어졌는데 그래도 가능할까요? 미술 쌤한테는 뭐라고 하죠? 무엇부터 물어볼지 골라내는 중에, 한정철이 까만 수첩을 테이블 위에 올렸다. 그러고는 수첩에서 사진 두 장을 꺼내 내 쪽에서 잘 보이도록 밀어주었다. 각기 다른 증명사진이었는데 볼에 커다란 점이 있는 남자가 두 번째에 놓였다. 그 얼굴을 보자 머릿속에 다시 물이 차며 시야가 흐려졌다.

"예전에 형사님이 보여줬는데, 기억나?"

마침 주문했던 코코아가 나와서 가까스로 시선을 잡아두었다. 내 변화를 눈치채지 못한 한정철은 민희가 어울리던 애들이라며 남자들에 대해 설명하기 시작했다. 근처 공고 출신으로 소년교도소를 드나드는 질 나쁜 부류라고. 민희가 어쩌다가 이런 애들과 엮이게 되었는지는 모르겠으나 실종되기 전날, 오거리에서 이 둘이 민희와 함께 있는 것을 보았다고 했다. 애들만 아니었더라도

민희를 학교로 데려와서 어떻게든 막아볼 수 있었을 거라고. 한정철의 목소리를 듣는 동안 시야 귀퉁이에는 볼에 점이 있는 남자 사진이 걸려 있었다. 이 남자를 봤다고 하면 뭐가 바뀌고 뭐가 바뀌지 않는 거지? 다른 건 모르겠지만 못 본 척해달라던 변민희와의 약속을 어기게 되는 것만은 분명해 보였다. 형사 앞에서 했던 말을 번복하기가 무섭기도 했다. 나는 시선이 남자에게 멈춰 있다는 것도 잊은 채 그 상태로 가만있었다. 한정철이 사진을 집어 올리며 물었다.

"그때도 이 친구를 봤었지?"

"개그맨 닮았잖아요. 그래서 본 건데요?"

그 이후로는 쉬웠다. 입장이 정해졌기 때문이다. 갑작스럽게 과거로 소환되어 혼란스러운 중에도 정신을 차린 스스로가 대견했다. 나는 변민희의 실종과 무관하고 한정철의 불행과도 무관하다. 의지를 다지듯 속으로 여러 번 반복했다. 나의 결정을 눈치챘는지, 한정철은 사진들을 까만 수첩에 다시 챙겨 넣었다.

"반장, 계속 그렇게 거짓말할 거야?"

"무슨 거짓말요?"

"봤으면서 안 봤다 그러잖아. 그때도 그랬지? 내가 민희랑 사귄다고. 그게 거짓말이 아니면 뭐야?"

77

진짜 사귄 건가 보죠, 목구멍까지 차오른 목소리는 가까스로 삼켰다. 하지만 뱃속에서 자꾸만 목소리가 튕겨 올라왔다. 그럴 만하니까 소문이 돌았겠지, 아직 지가 선생인 줄 아나 봐. 식어버린 코코아 위에 갈색의 얇은 막이 떠 있는 게 보였다. 손을 대고 싶지 않아서 옆에 있는 물잔을 들었다. 한 모금 마신 후에 말했다. 한참 전이라 기억나지 않는다고.

"그렇구나, 기억이 안 나는구나. 내가 반장을 위해 한마디 하겠어."

한정철은 과하다고 느껴질 정도로 숨을 길게 내쉰 후에 말을 이었다.

"양심을 좀 지키고 살아. 후회하기 전에."

그 말을 듣자 엄마의 목소리가 떠올랐다.

"아주 군자가 납셨어."

분명 떠올리기만 한 줄 알았는데 그게 아니었던 모양이다. 뭔가가 번쩍하고 날아왔고 고개가 옆으로 돌아갔다. 몇 초가 지나고 나서야 내가 그 말을 내뱉어서 한정철이 뺨을 때렸다는 걸 깨닫게 되었다. 나는 고개가 돌아간 채로 동공만 굴려 한정철을 노려보았다. 자신이 더 당황한 듯 한정철은 허둥거리며 일어섰다.

"아, 그. 시간 내줘서 고마웠다."

그러고는 카운터로 가서 계산하고 입구로 향했다. 문을 열고 나갈 때까지 한정철은 내 쪽을 돌아보지 않았다.

한정철이 시야에서 사라지고 나서야 볼이 화끈거리기 시작했다. 혀로 볼 안쪽을 살펴보니 맞을 때 이에 찢겼는지 피 맛이 났다. 아픈 것보다 흘깃거리는 주변의 시선이 더 힘들었다. 아, 쪽팔려. 눈을 질끈 감았다가 뜨고 일어서려는데 앞자리에 까만 수첩이 놓여 있는 게 보였다. 한정철이 사라진 입구 쪽을 돌아보며 수첩을 집어 들었다. 촤르륵 넘겨 보니 글자가 빼곡했는데, 악필이라 내용을 파악할 수 없었다. 뭔가를 계산한 듯한 숫자들, 기록들, 남자들의 사진 등이 모두 지나가고 마지막 장에 끼워진 가족사진이 보였다. 한정철과 아내 사이에 앉은 아기가 눈을 동그랗게 뜨고 카메라를 보고 있었다. 아래에는 '한예은 양 백일 사진. 1995년 12월 18일'이라고 적혀 있었다. 나는 아기의 눈을 빤히 들여다보다가 사진을 다시 수첩에 넣었다.

카페에서 나온 후 독서실 쪽으로 걸었다. 오거리에서 독서실까지는 10분이 채 안 되는 거리라 버스를 타지는 않았다. 얼마간 걷다 보니 급작스럽게 허기가 느껴졌다. 밥을 먹어야겠다는 생각이 들어서 엄마가 일하는 정육

식당으로 방향을 틀었다. 작년 말, 사장 아저씨 왼쪽 팔과 다리에 풍이 오면서 주인 내외가 모두 자리를 비우게 되었다. 이후로는 거의 엄마 혼자 일해서 드나들기가 편했다.

"어서 오세요."

들어오는 사람을 보지도 않고 엄마가 반사적으로 외쳤다. 홀에서 마른 수건으로 수저를 닦는 중이었다. 내가 대답하지 않자 뒤늦게 고개를 들어 나를 보았다.

"니가 이 시간에 왜 와?"

"배고파서."

엄마는 이상한 표정으로 다가오더니 나의 뺨에 손을 댔다. 차가운 촉감에 순간적으로 어깨가 움츠러들었다. 엄마 손에서 전해지는 한기 때문에 뺨을 맞은 부위가 다시 욱신거렸다.

"누구한테 맞았어?"

머릿속이 빠르게 돌아갔다. 엄마는 내가 독서실에 있었다고 생각할 테니까 거기서 맞았다고 하는 게 적당하겠다. 막 변명을 하려는데 엄마가 주방으로 들어가며 중얼거렸다.

"맞을 짓을 했으면 맞아야지."

나는 억울해졌다. 뭘 안다고 맞을 짓을 했다는 거지?

맞을 짓이 대체 뭐지? 카운터 옆에 붙은 거울로 가서 살펴보니 왼쪽 볼에 벌겋게 손바닥 모양이 나 있었다. 이래서 입안이 터졌구나. 입안에 손가락을 넣어 상처 난 부위를 만져보다가 엄마가 앉았던 자리로 가서 옆에 앉았다. 티브이에서는 노래자랑이 한창이었다. 우스꽝스러운 복장으로 무대 위를 뛰어다니는 사람들 때문에 정신이 사나워져서 리모컨으로 티브이를 꺼버렸다. 갑작스럽게 찾아온 정적 속에서 멍하니 있다 보니 엄마가 내 앞에 갈비탕과 반찬을 내려놓았다.

"엄마, 내가 아무 짓도 안 하고 맞았음 어쩌려고?"

엄마는 대체 무슨 소리냐는 표정으로 나를 잠깐 바라보다가 리모컨을 들어 티브이를 켰다. 나는 꼭 듣고 싶었다.

"내가 가만있는데 맞은 거면, 엄마가 싸워줄 거야?"

"엄마가 싸우긴 왜 싸워."

"만약에 말이야, 가정을 해보자는 거잖아."

"맞았으면 맞을 짓을 한 거야."

원인과 결과가 순식간에 뒤섞여버렸다. 나는 혼란스러워서 엄마를 돌아보았다. 엄마는 티브이에 시선을 꽂은 채 수건으로 수저를 닦으며 말을 이었다.

"민희 아빠가 민희 때리는 거 보고 첨에는 나도 놀랐

잖아. 근데 같이 있어보니까 애가 맞을 짓을 하더라."

"갑자기 걔 얘기는 왜 해?"

"그렇다고, 사람이 맞는 데는 다 이유가 있는 거야."

섬뜩한 기분이 들어서 나는 갈비탕으로 시선을 내렸다. 티브이에서 와하하 웃음소리가 들려왔다. 옆에서 엄마가 피식, 따라 웃는 게 느껴졌다. 나는 고개를 숙인 채 큼직한 갈비를 입안에 넣었다. 갈비뼈가 찢어진 부위를 건드렸는지 쇠 맛이 났다. 혀로 더욱 강하게 갈비뼈를 밀어붙이며 안쪽 볼의 통증을 느꼈다. 상처 부위가 자꾸만 건드려지며 쩌릿쩌릿했다. 옆에 앉은 엄마에게 질문하지 않기 위해 필사적으로 상처를 헤집었다.

*

강당에서 열린 개학식은 시끄러웠다. 이제는 아무도 변민희라는 이름을 입에 올리지 않았다. 유행이 지나버렸으니까. 그 자리는 아역배우 출신이라는 신입생이 차지했다. 저 애를 두고 얼마나 많은 말들이 오갈까, 떠올려보는 것만으로도 멀미가 날 것 같았다.

반 배정을 받고 교실로 이동했다. 담임인 화학에게 가정통신문과 함께 고등학교 입시요강 책자를 전달받았다. 나보다 성적이 좋은 애들이 반장과 부반장으로 지목되는 동안 나는 '개정 수학능력시험 안내'를 눈으로 훑었다. 우리가 치르게 될 수학능력시험의 개편 내용을 안내하고 있었다. 문과, 이과 아래 예체능 글자에 페이지 표시가 있어서 뒤로 넘겨 확인해보았다. 열여섯 개의 탐구 영역 과목에서 네 과목만 선택하면 된다고. 그 아래 문장이 두 눈에 박혔다. '공통 수학을 기초로 피험자의 수리력을 측정하며 선택에 따라 수학1까지 응시 가능하다.' 그러니까 공통 수학만 하면 된다는 거네? 삼각함수, 수열, 미분과 적분을 공부하지 않아도 된다는 소리네? 과학고 모의고사 이후 머릿속에 들어찼던 물이 순간적으로 증발해버린 것만 같았다. 눈앞이 선명해지면서 웅웅거리던 소리도 멈췄다. 그 상태로 눈꺼풀을 몇 번 깜빡이고 났더니 만나야 할 사람이 생각났다.

1학년 때부터 내 그림을 칭찬해줬던 미술은 사정을 듣고는 대학 동기가 운영한다는 미술학원을 소개해주었다. 나는 미술학원 원장에게 가정 형편이 어렵다는 사실을 적극적으로 알렸고 덕분에 학원비를 면제해주겠다는 약속을 받아냈다. 성적이 나쁘지 않았으므로 가능한 거래였다. 잠을 줄이고 시간을 쪼개 공부했던 결과로 미술학원비가 공짜가 된 것이다. 조금은 홀가분한 마음으로 엄마에게 미술학원에 다닌다는 이야기를 꺼낼 수 있었다. 엄마는 세상에 공짜는 없다고 믿었기에, 원장이 약속한 장학금을 믿을 수가 없었다. 미술을 하면 집안이 거덜 난다는데 돈이 안 든다니. 그 원장은 불우 학생 다 도와주고 도대체 뭘 먹고 사느냐고 물었다. 나도 비슷한 생각을 하지 않은 것은 아니었으나, 엄마에게는 내 성적이 학원에서 제일 좋으니까 그런 거라고 당당하게 답했다.

"내가 좋은 미대 붙고 그럼 학원 홍보되고 좋은 거래."

"아무리 그래도. 깎아주는 게 아니라 공짜라고? 이상하잖아."

엄마의 의혹을 잠재울 마땅한 것이 떠오르지 않았다. 그래서 이렇게 말해버렸다.

"재능이 있어서 그래."

"그래? 니가 재능이 있대?"

엄마의 관심에 내가 빠르게 답했다.

"어, 미술도 재능만 있으면 돈 하나도 안 드는 거래."

엄마가 이상한 눈으로 나를 보았다. 재능이 아니라 초능력이나 영생불사 같은 허무맹랑한 단어를 들은 듯한 표정이었다. 그 상태로 끔뻑끔뻑 눈꺼풀을 몇 번 움직이던 엄마의 얼굴에 놀라운 일이 벌어졌다. 희미하지만 분명한 미소가 드러난 것이다. 입술이 길게 펴지면서 눈 주변에 주름이 잡혔다. 그 모습에 너무 놀라서 나는 따라 웃지 못했다. 엄마의 재능에 대한 기대가 미술에 대한 부담감을 무찔렀다. 집에 와서 자려고 누워서도 나는 머릿속에 그 사실을 새겼다. 엄마에게 말한 그 재능이 내게 있어야만 한다. 공부에는 재능이 없었지만, 미술에는 재능이 꼭 있어야만 한다. 잠들 때까지 새기고 또 새겼다.

하지만 그 후로 나에게 재능이 있다는 느낌은, 단 한 번도 받은 적이 없다. 얄궂게도 다른 곳에 있는 것은 잘만 보였다. 미술학원에 새로 들어온 학교 후배가 그렸던 사과를, 실기 시험장에서 옆자리 애가 그렸던 비너스를, 나는 입이 벌어진 채로 지켜볼 수밖에 없었다. 재능을 두 눈으로 확인하고 났더니 스스로 재능이 있다고 생각했던 믿음이 순진하고 어리석게 느껴졌다. 이런 애들이 있는 것이다. 기회만 있으면 날개를 활짝 펴고 날아가버리는, 이런 애들이 있는 것이다.

속사정을 알 리 없는 엄마는, 동네 아줌마들 앞에서 자주 재능을 입에 올렸다. 애가 재능이 있어서 미술을 하는데 돈 한 푼이 안 든다고. 그렇게 내가 내뱉었던 말을 엄마 목소리로 들을 때면 누구의 것이든, 재능을 훔쳐다가 성적표처럼 수정해서 엄마에게 주고 싶었다. 실제로 미

술학원에서 괜찮아 보이는 그림 몇 장을 훔쳐보기도 했
는데 쓸 곳이 없어서 찢어버렸다. 화가 치밀어 올랐다.
어떤 날에는 재능 있는 아이들에게 화가 났고 그 외 수많
은 날에는 재능 없는 나 자신에게 화가 났다. 그렇게 화
로 속을 태우고 나면 끝도 없는 죄책감이 몰려왔다. 재능
으로 엄마의 고생에 보답해야 했는데 그럴 수 없게 되어
버렸으니까. 지긋지긋할 정도로 화와 죄책감을 반복하고
났더니 대학 합격 통지가 떨어졌다.

*

　모두가 내 귀에 대고 이제부터는 너의 세상이야, 모든
것이 가능할 거야, 속삭이고 있었지만 나는 그렇게 순진
하지 않았다. 시기별로 재능 있는 아이들은 계속해서 나
타났다. 화는 그때마다 속을 태웠으므로 다스리기 위해
서는 지침이 필요했다. 철사를 이용해서 입체 작품을 만
들라는 표현기법 교수의 주문에, 압도적으로 아름다운
소를 만들었던 동기 김 화백을 나는 한눈에 알아보았다.
그가 타이포그래피를 전문적으로 공부하고 싶다고 밝혔
으므로 그쪽은 쳐다보지도 않았다. 김 화백이 세부 전공
을 미리 정해준 것이 고마울 지경이었다. 레이더에 재능

이 감지되면 나는 반대로 몸을 돌렸다. 광고 동아리는 그렇게 찾아낸 곳이었다. 그곳에는 내 레이더에 걸릴 만한 동기나 선배가 없었다. 단지 그 이유만으로 지원서를 작성했고 엠티에 따라갔다. 그리고 그 엠티에서 뜻밖에도, 나의 새로운 재능을 발견하게 되었다.

광고 동아리 인원은 선배와 졸업생, 동기까지 모두 합해서 열한 명이었다. 선발대로 여덟 명이 먼저 춘천에 도착해서 펜션을 잡았고 후발대는 밤에 도착했다. 봄인데도 비가 너무 많이 와서 외부 활동은 못 하고 펜션에만 틀어박혀서 2박 3일을 보냈다. 자기소개는 네댓 시간 이어졌고 아는 게임이 총출동했다. 그러던 중에 마피아 게임을 했다.

시민일 때도 마피아일 때도 나는 심장박동에 변화가 없었다. 받은 쪽지에 마피아가 연달아 네 번이나 적혀 있는 때가 있었는데, 모두 살아남았다. 마피아 쪽지를 받고 시민이라고 주장하는 상황에 아무런 가책을 느끼지 못했기 때문이다. 나를 믿고 함께 시민을 죽였던 동기는 내가 마피아였음이 밝혀지자 괴성을 지르며 치를 떨었다. 태어나서 처음 배신감이라는 것을 느꼈다고 했다. 이건 게임이잖아. 속이려고 하는 거잖아. 나는 도리어 티 나게 어색한 행동을 하는 사람들이 이상해 보였다. 이렇게 쉬운 게 어렵다는 걸 이해할 수가 없었으니까. 나는 계속해서 승리했다. 게임을 정리하며 진행자였던 선배가 홀린 표정으로 말했다.

"진짜 좋은 연기였어. 너 재능 있어. 연기 쪽으로 가봐."

아마도 별 뜻 없이 내뱉었을 선배의 그 말은 나에게 커다란 변화를 불러일으켰다. 재능의 부재는 가슴 언저리에 구멍을 만들었고 나는 선명하게 그 구멍을 느껴왔다. 바로 그곳에 선배의 말이 박혀버렸다. 어쩌면 진짜 연기에 재능이 있을지도 몰라. 공부도 미술도 아니었지만, 연기라면 가능할지도 몰라.

엠티가 끝난 후 도서관에서 연기와 관련된 책을 닥치는 대로 빌려서 읽었다. 책에서 언급한 영화도 모두 챙겨보았다. 몇몇 배우의 연기는 어색하게 느껴졌고 다른 몇몇의 연기는 황홀할 정도로 좋았다. 특히 좋았던 장면들은 대본을 따로 구해서 혼자 연습해보기도 했다. 하지만 그뿐, 뭘 더 해야 할지 알 수 없었다. 1년을 그렇게 어중간한 상태로 보내고 난 후 연기학원에 등록했다. 학원비를 마련하느라 알바를 하나 더 뛰어야 했지만 손해라고 느껴지지 않았다. 본격적으로 카메라 테스트를 받았고 연기 수업을 들었다. 그러는 동안 나는 서서히 깨달아갔다. 내 재능은 현실에서만 유효하다는 것을. 짜여진 각본이

나 시나리오에서는 매력을 느낄 수가 없었다. 연기를 그만두고 주변을 둘러보았더니 어느덧 졸업반이 되어 있었다. 배우 지망생으로 있을 때는 느리게만 느껴지던 시계의 속도가 갑자기 빨라졌다. 과제를 해치우듯 졸업 작품을 만들어 전시하고 면접을 보러 다니기 시작했다. 게임회사 면접관 자리에 앉은 선배를 보았을 때, 나는 운명 비슷한 것을 느꼈다. 춘천 펜션에서 연기에 재능이 있음을 알려준 바로 그 선배였다.

며칠 후, 인사팀이 아닌 그 선배에게 합격 전화가 왔고 우리는 학교 앞 바에서 만났다. 고등학교 친구 셋과 함께 차린 게임회사는 몇 해 전 '판다팡팡'이라는 게임이 대박을 터뜨리며 몸집을 불리게 되었다고 했다. 그 덕에 후배 님처럼 훌륭한 인재도 충원하게 되었다고. 축하와 감사가 오간 후로는 광고 동아리 선후배의 근황과 함께 춘천 엠티가 튀어나왔다. 조니워커가 스트레이트로 술술 흘러 들어갔다. 초저녁인데도 병이 이미 바닥을 보이고 있었다. 정확한 기억이 나지 않는다는 선배를 위해 나는 그날의 풍경을 세세하게 그려냈다. 마피아 게임 이후 연기하며 흘려보낸 세월도. 열심히 듣던 선배는 취했는지 내가 뱉어낸 슬라이스 레몬을 들고는 자기 입으로 가져다 댔다. 내가 웃으며 그거 제가 먹던 거예요, 라고 했고 선배는 눈썹을 살짝 들었다가 내리며 고개를 끄덕였다. 그 순간, 선배의 약지에 끼워진 결혼반지가 불빛을 받아 반짝였다.

선배가 유부남이라는 사실은 우리 관계에 도움을 주었다. 나는 선배 전에 두 명의 남자와 관계를 가진 적이 있다. 신기하게도 그 둘은 형제처럼 비슷한 외모였는데 사람 질리게 구는 것까지도 비슷했다. 함께 있을 때 그들은 긴장했고 너무 많은 미래를 내게 약속하려 했으며, 끊임없이 자신의 위치를 확인하려들었다. 가정이 있는 선배에게는 그런 질척거림이 없었다. 시간이 되는지 묻고는 내가 된다고 하면 지금 갈게, 안 된다고 하면 오케이, 그뿐이었다. 내가 없으면 미칠 거라거나 자살하겠다는 등의 과장 없이 심플하게. 오히려 내 쪽에서 선배를 잃어버리면 어쩌나, 하는 불안이 일 때가 있었는데 그런 불안은 인식한 순간, 우스꽝스러울 정도로 빠르게 사라져버렸다. 내 소유였던 적이 없었으므로 잃어버릴 일도 없는 것이다. 참으로 다행이었다.

6

  입사 5년 차로 접어들면서 일이 많아졌다. 판다팡팡이 중국에서 인기를 끌자 하나라도 더 팔기 위해 회사에 비상이 걸렸다. 선배는 출장 때마다 나와 팀을 이루도록 손을 썼고 사내에서 우리 관계를 두고 말이 나오기 시작했다. 회사의 큰 지분이 처가 쪽에 있었으므로 선배는 난처해했다. 결국 소문을 막기 위해 중국 출장뿐만 아니라 팀에서도 나를 빼기로 했다. 개발팀이 아닌 홍보팀으로. 자리를 옮긴 후, 오피스텔에 찾아올 때마다 선배는 미안하다며 사과했지만 나는 오히려 이편이 나았다. 게임 마켓 시즌만 제외하면 여유 있게 저녁을 보낼 수 있고 주말도 보장되니까. 엄마에게 아쉬운 소리도 좀 덜 듣게 되겠지. 대학에 다닐 때는 매 주말 엄마를 보러 갔으나, 회사 일이 바빠지면서는 한두 주를 건너뛰게 되었다. 전화로 사정을 설명했을 때, 엄마는 이렇게 받았다.

"사람이 의지만 있음 뭘 못 해? 너는 올 생각이 없는 거야."

그 뒤에 따라붙은 진짜 바빠서 그렇다는 내 목소리는 내 귀에도 변명처럼 들렸다. 전화를 끊고 나서는 통장으로 용돈을 보내며 죄책감을 덜어내려 해보았으나, 그다지 효과는 없었다.

버스 창밖으로 '지안시에 오신 것을 환영합니다' 표지판이 보였다. 그 아래 붉은 벽돌로 높이 솟은 지안교회도. 익숙한 풍경이 펼쳐지자 익숙한 감각이 깨어났다. 수백 번을 오가면서도 변함이 없다. 과거 어느 때로 돌아간 것만 같은 느낌, 공간을 이동한 것이 아니라 시간을 이동한 듯한 착각이 일었다. 다시 어려진 것도 같아서 이상하게 위축된 상태로 버스에서 내렸다. 막 대합실을 지나는데, 눈 끝에 누군가 걸렸다. 시선을 옮겼더니 엄마였다. 나를 마중 나왔다고는 생각하지 못하고 어디 가냐고 묻자 엄마가 답했다.

"뭔 소리야, 너 온다 그래서 나왔지."

"엄마가 나를 기다렸다고?"

찌푸려진 미간이 풀어지지 않았다. 대학 입시를 치를 때도 입학식 졸업식이 있을 때도 엄마가 나를 기다렸던 적은 없다. 이런 이벤트는 내 인생에 처음이었다. 한 박자 앞서 걷는 엄마의 뒤통수를 바라보며 내가 또 뭘 잘못한 걸까? 불안해지려는 마음을 애써 다잡았다. 집 쪽으로 가겠거니 했는데 엄마는 금영여중 쪽으로 걸었다. 문방구와 서점을 지나며 성큼성큼 걸음을 옮기다가 멈춰 선 곳은 셔터가 내려진 허름한 가게 앞이었다.

"여기가 목이 그렇게 좋아."

간판에는 글자들이 떨어지고 지저분한 자국만 남아 있었는데 둥근 원 안에 남은 '분식'은 그나마 읽을 수 있었다. 내부에는 방도 딸려 있어서 주거도 가능하단다. 주인 아줌마가 엄마가 사면 5백 깎아준다고 했다고. 그러니까 평소와 다른 엄마의 행동이, 내 잘못이 아니라 이 분식집 때문이었구나. 엄마는 특별히 내게만 알려준다는 듯 실눈을 뜨고는 딱 6천만 더 있으면 살 수 있을 거라고 했다. 너무 별것 아니라는 투로 말해서 6천만 원이 아니라 6천 원이라도 되는 것처럼 들렸다. 주머니에서 꺼내 바로 주고 싶을 정도였다. 하지만 6천만 원은 불가능한 액수였다. 오피스텔 보증금과 적금으로 넣어둔 돈을 빼고 나면 여윳돈은 천 정도밖에 되지 않았다.

"완전 엄마 가겐데, 아쉽게 됐네."

내 말을 엄마는 무안할 정도로 서늘하게 받았다.

"뭐가 아쉽다는 거야? 엄마가 하면 되지."

다음 날부터 엄마는 일에 지장이 갈 정도로 자주 전화를 걸어왔다. 게임 마켓 시즌이 시작되어서 코엑스로 출근하던 터였다. 야구 게임의 선판매와 예약을 위해 회사 부스를 열었고 내가 그 부스의 홍보 담당이었다. 팔자 좋게 통화나 하고 있을 상황이 아니라는 소리였다. 하지만 엄마는 내가 전화를 받지 않으면 큰일 나는 사람이기 때문에 어쩔 수가 없었다. 바이어들을 후배에게 안내한 후 서둘러 통화 버튼을 누르면, 엄마는 비보라도 전하는 듯 목소리를 깔았다.

"부동산에서 연락이 왔는데 누가 분식집을 보고 갔대."

나는 마땅히 대꾸할 말을 찾을 수 없어서 그랬구나, 정도의 추임새를 넣었는데 엄마는 그게 거슬렸던 모양이다.

"뭐가 그랬구나야. 이게 지금 남 일이니?"

"아, 그게 아니라."

"책임져야 할 거 아니야. 어쩔 거야, 너."

나는 어색하게 웃으며 넘기려고 했다. 하지만 이런 식의 책망이 반복되자 그냥 흘려버릴 수가 없었다. 신기하게도 엄마의 목소리에는 무게가 있어서 듣는 횟수가 거

듭되면 머리며 어깨가 묵직해졌다. 털어내기 위해서는 뭐라도 해야 했다.

며칠 후, 애가 타서 밥도 못 먹고 있다는 엄마에게 모아두었던 천만 원을 보내고는 전화를 걸었다. 계약부터 하라고 했더니 엄마는 고맙다는 말 대신 이렇게 답했다.

"엄마가 뭐랬어. 엄마 가게라고 했지?"

"어, 그러네. 엄마 말이 맞았네."

웃으며 받아주긴 했지만 머릿속이 복잡해졌다.

이번 달까지 5천을 만들어야 하는구나. 거래 은행의 코엑스 지점을 찾아서 점심시간을 이용해 들렀다. 적금을 깰 수 있는지, 깨고 나면 얼마나 받을 수 있는지 등을 문의했더니 내년이 만기인데 지금 깨면 20퍼센트 정도 손해를 보게 된단다. 그 금액의 마이너스 통장을 만드는 것이 나아 보였다. 마이너스 통장을 발급받고 금리가 적당해 보이는 신용대출까지 받았으나 여전히 2천만 원이 부족했다. 2주 만에 2천을 어떻게 만들지? 번뜩 선배가 떠올랐다. 그래도 5년간 관계를 가져왔으니 이 정도는 도와주지 않을까? 선배에게 퇴근하고 오피스텔로 오라고 문자를 남겼더니 애가 아파서 못 갈 것 같다는 답이 돌아왔다. 그때 게임 테스트를 하던 남자가 내 쪽을 향해 목소리를 냈다.

"광고 문의는 어떻게 드리면 될까요?"

야구 장비 업체에서 나왔다는 남자의 질문에 머릿속 스위치가 켜졌다. 광고를 받으면 되겠구나. 회사에서는 게임에 삽입되는 광고를 엄격할 정도로 제한하고 있었다. 게임별 이미지에 맞는 업체를 고르는 게 쉽지 않았기 때문이다. 하지만 지금은 이미지까지 생각할 겨를이 없었다. 남자에게는 메일로 계약서 초안을 보내겠다고 하고, 퇴근 후 노트북을 열어서 회사 계약서에 금액을 넣었다. 나의 통장 사본과 함께 계약서를 첨부해서 보내기 버튼을 누르고 났더니 그제야 내가 무슨 일을 저질렀나, 덜컥 겁이 났다.

자려고 누웠으나 잠이 오지 않았다. 다시 노트북 앞에 앉아서 메일함을 열었다. 읽지 않은 상태라서 발송 취소 버튼이 떠 있었다. 그 버튼은 이렇게 말하는 듯했다. 아직은 되돌릴 수 있다고. 하지만 나는 버튼을 가만히 보기만 했다. 어쩔 수 없는 상황이 되기를 바라면서. 한참이 지난 후에 손가락을 들고는 발송 취소 버튼이 아닌 새로고침을 눌렀다. 또다시 바라보다가 새로 고침. 상대방이 메일을 읽지 않았더라면 출근도 하지 못한 채 그러고 있었을 것이다. 7시 16분, 드디어 발송 취소 버튼이 사라졌고 나는 노트북을 닫았다. 하루를 시작해야 하는 시간인데 몹시도 피로했다.

*

주말에 지안시로 가서 엄마와 함께 부동산에 들렀다. 분식집 매매를 마무리하고 나서 엄마는 활짝 웃었다. 내 어깨도 활짝 펴지는 듯했다. 엄마는 장사를 이어서 할 계획이었으므로 권리금을 내고 냉장고와 장비 등을 넘겨받았다. 축하의 의미로 선물을 사주겠다고 했더니 엄마가 대뜸 간판을 해달란다. 화분이나 거울 등을 생각하고 있던 나는 속으로만 조금 놀랐다. 언제 정해두었던 것인지 이름은 '전주분식'으로 하라고 했다. 우리는 전주와 아무런 연고도 없었기에 왜 전주분식인지 의아했지만 엄마가 내린 결정에 딴지를 걸면 안 될 것 같아서 잠자코 따랐다. 직접 디자인하고 업체에 발주를 넣어서 간판을 만들고 메뉴판도 함께 제작했다. 엄마는 원래 있던 떡볶이, 김밥, 순대, 쫄면, 튀김을 그대로 두고 '계절 메뉴'를 추가해달라고 했다.

"뭔 계절 메뉴? 지금 정해. 또 바꿔달라 하지 말고."

"계절 메뉴, 이렇게만 써. 내가 그때그때 먹고 싶은 거

만들어서 팔 거야."

"그래도 돼?"

"되지, 그럼. 엄마 맘이지."

여중생들은 언제나 굶주렸기 때문에 장사는 꽤 잘됐다. 엄마는 일하다가 방문만 열면 바로 퇴근이라며 즐거워했다. 들을 때는 그런가 보다 했는데 막상 가서 누워보니 많이 불편했다. 작업실에 라꾸라꾸를 펼치고 누운 것처럼 임시라는 느낌을 지울 수 없었다. 계약 몇 건만 더 따내면 작은 방도 따로 구해줄 수 있을 텐데, 그런 식으로 덧셈과 뺄셈이 이어졌다. 돈에 대한 연산 기능이 향상된 듯도 했다. 유능해진 것만 같은 그 기분이, 나쁘지 않았다.

계약대로 야구 장비 업체 로고와 제품을 게임에 넣어야 했다. 내가 건드릴 수 있는 사이즈가 아니었기에, 개발팀 디자이너에게 요청하면서 선배 지시라고 말을 붙였다. 상황을 전혀 모르는 선배의 귀에 언제 이야기가 들어갈지 모를 일이었다. 어떤 식으로든 말을 해두어야 했다. 선배는 입사 초반에는 거의 매일 오피스텔로 찾아왔지만, 최근에는 확실히 뜸해졌다. 술에 취한 선배가 비밀번호를 누르고 들어왔을 때 이번 기회를 놓쳐선 안 된다고 생각했다. 할 말이 있다고 했더니, 선배가 한숨을 푹 내쉬며 말했다.

"애 가진 거 아니면 담에 얘기하면 안 되겠니? 오늘 좀 피곤하다."

애를 가진 건 아니었기에 입술을 꾹 닫았다. 제대로 단단해지지도 않은 상태로 밀어붙이던 선배는 콘돔을 찾아 꺼내기도 전에 부르르 몸을 떨며 혼자 끝내버렸다. 아래에 손을 대보니 분비물로 끈적거렸다. 내가 그것을 닦아내는 동안 선배는 이미 코를 골며 잠들었다. 그 모습을 가만히 내려다보다가 손을 뻗어 선배의 핸드폰을 잡았다. 뭐라도 준비해두어야 했다. 최근 통화 기록을 뒤져서 아내의 번호를 찾아 내 핸드폰에 저장했다. 자주 깜빡깜빡하는 선배가 이번에도 깜빡해주기를 바라며 야구 장비 업체 팀장에게 받았던 명함도 지갑에 고이 넣었다. 그런 후에야 선배 옆에 누워서 잠을 청할 수 있었다.

전주분식에는 계속 돈이 들어갔다. 여중생들에게 파는 떡볶이와 순대만으로는 누수 방지와 섀시 교체 비용을 충당할 수가 없었다. 에이에스 때문에 여러 번 불려왔던 기사님이 연식이 오래되기도 했지만, 그것보다는 지을 때 워낙 날림으로 해서 고장이 잦은 거라고 말해주었다. 그 이야기를 함께 들었으면서도 엄마는 끝까지 사기당했다는 사실을 받아들이려고 하지 않았다. 엄마를 해먹고 뛴 전 주인 아줌마가 대단하게 느껴졌다.

작게는 몇십에서 크게는 백 단위로 공사가 계속되었다. 대출이자도 무시 못 할 금액이었다. 게임 마켓이 끝난 후라 다른 계약을 노릴 수도 없었다. 그리고 그때, 마켓 부스 설치 정산서를 올리라는 지시가 떨어졌다. 예전부터 함께했던 업체라 견적서를 복사해서 붙이기만 하면 되는 일이었다. '결재를 부탁합니다'라는 문장이 적힌 파일 표지를 한참 동안 보다가 나는 컴퓨터를 켜서 엑셀을 열었다. 전주분식에 들어가야 하는 천 2백만 원이 더해진 견적서가 새롭게 만들어졌다.

*

한 건 더, 또 한 건 더. 1년 동안 네 건이나 해먹었는데도 걸리지 않았다. 내 통장으로 빼돌린 돈의 액수가 5천 가까이 되었다. 총무팀 팀장도 선배도 상황 파악을 전혀 못 하는 듯했다. 마음이 편치는 않았다. 작은 소리에도 깜짝깜짝 놀랐고 별것도 아닌 일에 짜증이 났다. 그렇게 예민한 상태로 광고 제안서를 작성하는 중에 엄마에게 전화가 왔다. 팀원들이 간식을 사러 간 후라 앉은 자리에서 통화 버튼을 눌렀다. 대뜸 엄마가 흥분해서 외쳐댔다.

"대박이야, 엄마 대박 났어."

"뭐야? 뭔데 그래?"

"대박이라고, 대박."

엄마는 계속 대박이라는 소리만 했다. 나는 제목 폰트를 바꾸며 뭔데, 뭔데, 하고 건성으로 질문했다. 그런 무성의한 태도가 마음에 안 들었는지 갑자기 엄마가 꽥 소리를 질렀다.

"아파트! 아파트 공사한다고."

그제야 나는 모니터에서 눈을 떼고 의자에 등을 기댔다. 어깨 근육이 뭉친 게 느껴져서 손으로 꾹꾹 안마하며 대박의 이유를 들었다. 전주분식 부근을 허물고 유명 브랜드 아파트를 짓기로 했단다. 그 전에도 여러 번 아파트 이야기가 나왔으나 불발되었는데 이번에는 다행히 성사되었다고. 역시 대기업은 다르더라, 엄마는 목소리에 자부심을 덕지덕지 붙였다. 근처 주택이랑 상가들은 제대로 보상받으려고 함께 모여서 아파트추진위원회도 만들었다. 문방구 아줌마가 전주분식 정도면 땅이 있으니까 40평대 아파트를 받아낼 수도 있을 거라고 했다고. 정보량이 많아서 이해하는 데 시간이 조금 걸렸다.

"가게를 헐 거라고?"

"그래, 아파트 지어야 하니까."

그럼 그 많은 공사는 왜 했던 거야? 질문이 너무 공격적인 것 같아서 단어를 고르는데 엄마가 말을 이었다.

"너무 낡아서 어쩌나 싶었는데 잘됐지, 뭐. 이참에 아파트에도 살아보고."

처음으로 엄마가 건물이 노후했다는 사실을 인정했다. 문제없다고 바득바득 우길 땐 언제고, 낡았다고 느끼긴 했던 거구나. 곧이어 엄마는 아파트 예찬을 쏟아내기 시작했다. 그 브랜드가 워낙 살기 좋게 아파트를 지어서 죽어야 나온다는 소문이 돌 정도라고.

"엄마, 아파트에 살고 싶었어?"

"당연하지. 어느 누가 아파트를 싫어해."

저요. 나는 한 번도 아파트에 살고 싶다고 생각해본 적이 없다. 살아본 적이 없으니까. 엄마도 그런 줄로만 알았는데 아니었나 보다. 마침 팀원들이 들어와서 회의 테이블에 과자와 빵을 펼치기 시작했다. 엄마가 계속 말을 이었으므로 안 되겠다 싶어서 끊었다.

"엄마, 나 주말에 내려가잖아. 그때 자세히 이야기해줘."

짧은 침묵이 이어졌다. 엄마의 불쾌가 전해지기에는 충분한 시간이었다.

"알았어."

뚝 전화가 끊어졌다. 핸드폰에 대고 엄마? 불러보았으나 답이 없었다. 그래, 엄마는 이러지. 나는 핸드폰을 밀어두고 회의 테이블로 갔다. 미니 슈를 입에 넣고 오물거렸더니 당분이 퍼져나가며 저릿한 감각을 남겼다. 전주분식을 허물면 더 이상 돈 들어갈 일은 없을 것이다. 이자만 갚아나가면 된다. 그래, 나쁘지 않아. 미니 슈를 하나 더 입에 넣으며 그렇게 생각했다.

약속대로 주말에 전주분식으로 갔다. 도착해서 보니 셔터가 내려져 있었다. 몇 번 흔들다가 아래 고정된 자물쇠를 발견했다. 당연히 엄마가 있을 줄 알고 연락 없이 왔는데 낭패였다. 그래도 열쇠는 있겠지. 엄마와는 어렸을 때부터 마지막으로 집을 나가는 사람이 화분 아래에 열쇠를 두기로 약속했고 어김없이 지켜왔다. 그러니 이 화분 아래에도 열쇠가 있을 것이다. 그런데 없다. 혹시 못 본 사이 번호 키로 바꾼 건가 싶어서 다시 확인해보았다. 셔터를 고정해둔 것은 열쇠를 꽂아 돌리는 자물쇠가 맞았다. 게다가 화분도 있었다. 그런데 왜 그 아래에 열쇠가 없나? 언제부터 엄마는 약속을 어겼나? 더듬어보니 분식집으로 옮긴 후 열쇠를 찾았던 적이 없었다. 항상 엄

103

마가 있을 때 왔으니까. 나는 추측을 포기하고 엄마에게 전화를 걸었다.

"엄마 어디야?"

"가게지, 왜?"

"그래? 그럼 문 좀 열어줘. 열쇠는 왜 잠갔대?"

내가 셔터를 흔들자, 핸드폰 너머에서 엄마가 짧은 한숨을 내뱉었다.

"너 가게야?"

"어. 열어줘, 얼른."

전화가 끊어졌다. 나는 엄마가 나오려고 끊은 건 줄 알고 몸을 바로 세웠다. 충분한 시간이 지나고서도 문이 열리지 않자 손을 뻗어 셔터를 흔들었다. 아무런 대답이 없었다. 엄마는 가게에 없는 것 같았다. 다시 전화를 걸었더니 헉헉, 달리는 호흡이 들려왔다.

"엄마, 뭐 해?"

"가는 중이야."

"가게에 있다며."

"가, 간다고."

엄마는 이번에도 일방적으로 전화를 끊어버렸다. 종료된 핸드폰을 멀건 눈으로 바라보며 머릿속이 복잡해졌다. 왜 거짓말을 했을까? 그럴 이유가 있나? 나한테 말하기 곤란한 곳에 있었던 건가? 도박? 애인? 이리저리로 가능성을 뻗치는 중에 엄마가 나타났다. 등산화를 신고 스틱을 쥔 상태였다.

"등산하고 온 거야?"

"등산은 무슨."

그렇게 말하는 엄마의 등산화는 흙으로 지저분했다. 나는 자물쇠를 여는 엄마의 뒤통수를 찜찜한 기분으로 바라보다가 따라 들어갔다. 엄마는 밥 먹었는지 묻지도 않고 곧장 주방으로 들어갔다. 엄마가 늘어놓는 아파트 자랑을 힘닿는 데까지 들어줄 결심을 하고 왔던 나는, 평소와 다른 엄마의 모습에 당황했다. 뭐라도 이유를 듣고 싶은데 식은 김밥과 떡볶이를 먹는 동안 엄마는 별다른 말을 해주지 않았다. 결국 내가 참지 못하고 물었다.

"아파트 공사 뭐가 잘못됐어?"

"너 뭐 들은 거 있어?"

"내가 듣긴 뭘 들어. 왜?"

엄마는 말을 하려다 말고 뭔가를 곰곰이 곱씹는 것 같았다. 그런 엄마의 얼굴이 부쩍 나이 들어 보였다. 갱년기에는 감정이 왔다 갔다 하고 우울하고 그렇다더니. 정신없어 보이는 게 그 탓일지도 모르겠다. 나는 울적해지려는 기분을 누르며 김밥을 씹었다.

잠시 후, 무언가를 떠올렸는지 갑자기 엄마가 입을 열었다.

"내가 절대 이렇게는 안 물러나."

그러고는 아파트 공사 진행 상황에 대해 쏟아내기 시작했다. 전주분식을 포함하던 기존의 예상 부지는 금영여중에 막혀서 구획정리가 안 되고 있었다. 담당자들이 현장을 확인하고는 금영산 산책로 입구를 포함하는 것으로 계획을 변경했다. 전주분식뿐만 아니라 다수의 주택이 구획에 들어가지 못했다. 아파트추진위원회 사람들 중, 튕겨 나온 사람들은 따로 반대위원회를 결성해 열심히 활동 중이란다. 엄마가 말한 금영산을 포함한 구역은 꽤 넓어서 그 스케일이 새삼스러웠다. 그렇게 큰 공사였구나. 대충 파악을 마친 후에 내가 물었다.

"발표를 막 뒤집어도 되는 거야? 헷갈리게 그럼 안 되지."

듣던 엄마의 표정이 미묘하게 바뀌었다.

"설마 대박 난다고 전화했을 때, 소문만 듣고 그랬던 거야?"

"다들 확실하다 그랬어."

"그러면서 무슨 반대위원회야. 아파트 쪽에서는 잘못한 게 없는 거잖아, 나쁘다들."

엄마가 내 손등을 찰싹 때렸다. 나는 손을 빼내면서 안도했다. 엄마가 큰 병에 걸리지도 않았고 갱년기 증상이 심해진 것도 아니라는 소리니까. 나 혼자 쫄렸던 게 웃겨서 웃음이 나왔다. 엄마가 차가운 눈으로 나를 쏘아보며 말했다.

"너 가."

"반대위원회 그거 하지 마, 엄마. 괜히 배 아파서 그러는 거 아니야."

엄마는 나를 노려보기만 했다.

"그래, 알았어. 나중에 내가 꼭 아파트 사줄게. 그럼 되는 거지?"

"아무것도 모르는 게, 다 컸다고 어디서 지랄이야!"

이렇게 큰 목소리를 엄마도 낼 수 있구나. 소리를 내지른 후 엄마는 방으로 휙 들어가버렸다. 나는 그 자리에 가만히 앉아 있었다. 1초, 10초, 1분 또 1분. 시간이 흐를수록 점점 기분이 나빠졌다. 엄마가 심보를 나쁘게 먹어놓고 나한테 뭐라 그러는 것도 짜증이 났지만, 진짜 걸리는 것은 따로 있었다. 나는 고개를 들어 가게 내부를 휘둘러보았다. 여기에 또 얼마나 돈을 때려 부어야 할까. 깔끔하게 허물어버리면 좋았을 텐데, 아쉽게 돼버렸다.

*

다음 날, 출근했더니 사고가 터져 있었다. 개발팀에서 한 계절 꼬박 준비했던 육성 게임의 런칭을 잠정적으로 미루겠다는 공지가 떴기 때문이다. 그 담당자가 선배였기 때문에 탕비실로 가서 전화를 걸어보았으나 받지 않았다. 우리 팀으로도 불똥이 튀어 일이 늘었다. 육성 게임 홍보를 위해 뿌려놨던 광고들을 거두어들여야 했고, 거둘 수 없는 꼭지에는 출시 일자가 비슷한 다른 게임을 넣어야 했다. 나는 안내 페이지 문구를 정리한 후 디자이너와 스케줄을 잡았다. 내일까지 포털에 뿌리려면 시간이 빠듯할 듯했다. 밤을 꼬박 새우고 점심이 지났을 때, 새벽에 들어갔던 디자이너가 출근했다. 디자이너에게 버전별 가이드를 넘기고 났더니 배가 고팠다. 디자이너는 점심을 먹고 와서 밥 생각이 없다고 했다. 3시 45분, 애매한 시간이었지만 먹어두는 게 좋을 것 같아서 지갑을 챙겨 들고 지하 식당가로 내려갔다.

자주 가던 백반집에 들어가서 불고기 정식을 주문하고 앉았다. 홀은 한산했고 티브이 소리만 좀 컸다. 반찬으로 나온 어묵볶음이 맛있어서 연달아 입에 넣었다. 금세 접시가 비었다. 한 그릇을 더 달라고 할지 불고기가

108

나오면 그때 달라고 할지를 머릿속으로 셈하는 중에 익숙한 지명이 귀에 들어왔다.

"경기도 지안시 금영구에 있는 금영산에서 대단지 아파트 공사를 하던 중에 시신이 발견되었다는 소식입니다. 큰 공사가 전면 중단되었는데요, 현장 소식을 들어보겠습니다. 김수아 기자, 상황이 어떤가요?"

나는 젓가락을 허공에 든 채로 멍하니 뉴스를 바라보았다. 속보 마크가 어지럽게 돌아가고 있었다. 기자 뒤로는 익숙한 풍경이 펼쳐졌다.

"오늘 오전 9시 27분경에 작업 중이던 공사 현장에서 시신이 발견되었습니다. 경찰은 신원 확인을 위해 국립과학수사연구소에 시신을 보내 정밀 감식을 의뢰했는데요."

기자 뒤쪽으로 모여 선 사람들을 자세히 보려고 집중했다. 저 사람들 중에 엄마가 있을 거다. 포커스가 맞지 않아 실눈을 뜨는데 컷이 바뀌며 데스크가 나왔다.

아나운서는 시신의 신원이 밝혀지는 대로 다시 소식을 전해드리겠다고 했다. 제대로 된 클로징 없이, 서바이벌 프로처럼 곧장 세제 광고가 튀어나왔다. 드럼세탁기에서 쏟아지는 물줄기가 내 머리통을 내리치는 것 같았다. 나는 여전히 젓가락을 든 채로 티브이를 바라보고만 있었다.

7

'백골이 된 변민희 양, 15년 만에 가족 품으로 돌아가.'
헤드 카피는 이랬다. 금영산에서 아파트 공사를 하던 중
발견된 시신은 변민희였다. 열다섯 살에 사라졌던 변민
희가 15년 만에 모습을 드러냈다. 수사팀이 꾸려졌고 수
사팀장이 국민들에게 큰 소리로 약속했다. 진실을 반드
시 밝혀내겠다고. 기사들을 살펴보는 동안 별안간 깨닫
게 된 것이 있었다. 의식 저 너머에서 희미하지만 분명하
게 변민희가 날고 있었다. 그러니까 15년이나 되는 긴 시
간 동안 변민희가 줄곧 내 속에 있었던 것이다. 그렇게
인식하기 시작하자 변민희는 걷잡을 수 없이 증식했다.
나를 바라보던 변민희의 눈, 쩍 벌어지며 하품하던 입술,
미화부장의 빨간 mymy, 볼에 커다란 점이 있던 남자, 변
민희와 남자가 탔던 오토바이. 전단지에 프린트된 변민
희까지 가세해 눈앞에 펼쳐졌으므로 일을 하다가, 밥을

먹다가, 허공을 바라보며 멈춰 설 수밖에 없었다.

탕비실에서 커피를 내리면서도 머릿속으로 변민희를 떠올리고 있었다. 그때 총무과 실장이 들어왔다. 그 얼굴을 보자 순간적으로 현실이 들어찼다. 나는 빠르게 시선을 피했으나, 실장은 내 쪽으로 걸음을 옮겼다.

"자기, 안 그래도 물어볼 거 있었어."

내부의 뭔가가 아래로 하강하는 감각이 느껴졌다. 미소를 만들기 위해 혀뿌리에 바싹 힘을 주며 실장을 바라보았다.

"코엑스 마켓 계약 자기가 했어? 세금계산서 발행됐다고 뜨는데 계약금이 아직 안 들어왔어."

"아, 저도 자세한 내용은 잘 몰라요. 최 이사님 지시라서요."

육성 게임이 엎어진 것만으로도 선배는 충분히 난처한 상황이겠으나, 예기치 못한 추궁에 말이 술술 흘러나왔다. 실장의 얼굴에 거북함이 나타났다가 사라지는 게 보였다.

탕비실을 나오고서야 마음이 급해졌다. 사고가 수습되는 대로 실장은 선배에게 물어볼 것이다. 그 전에 뭐라도 손을 써놔야 한다. 하지만 선배는 내가 보낸 문자에 아직 답이 없었다. 실장이 나보다 먼저 선배를 만나게 될

지도 모르겠다. 자리에 앉아서 포털에 손해배상 청구, 소송 대비 등 검색어를 바꾸어 넣으며 내용을 살펴보았다. 다양한 법무법인에서 인터넷 답변을 달아둔 게 눈에 들어왔다. 당장 법을 공부하는 것보다는 변호사 문의를 하는 게 빠를 듯했다. 회사 근처 변호사 사무실을 뒤지다가 '이정연 법률사무소'를 발견하고는 연락처를 저장해두었다. 그러느라 홈페이지 화면을 모니터에 띄워놓고 있었는데 지나가던 팀원이 한마디 했다.

"어? 팀장님 닮았어요."

그런가? 그래서 눈에 들어왔나? 나는 홈페이지 중앙에 박힌 이정연의 프로필 사진을 가만히 바라보았다.

며칠 후, 퇴근 카드를 찍고 로비로 나오는데 모르는 번호로 전화가 걸려 왔다. 찜찜한 기분으로 받았더니 웬 남자가 말했다.

"안녕하세요, 여기는 지안중부경찰청입니다."

나는 잰걸음으로 회사를 빠져나오며 긴장했다. 벌써 총무과 실장이 신고한 걸까? 선배에게 물어봤나? 어디까지 걸린 거지? 질문들이 뒤섞이며 머리가 뜨거워지는 듯했다. 박진호 형사라고 자기를 소개한 남자의 입에서는 예상치 못한 단어가 흘러나왔다.

"금영산 여중생 사건과 관련해서 질문드릴 것이 있어서 연락드렸습니다."

금영산 여중생 사건이라고? 변민희? 박 형사는 내일 3시까지 경찰청으로 와달라고 했다. 나는 알았다고 하고 전화를 끊었다. 공금을 횡령한 사실이 걸린 건 아니니까, 우선은 다행이었다.

*

지안중부경찰청 3층 수사1계 푯말 앞에서 기다렸더니 전화를 걸었던 박 형사가 나왔다. 남교사 휴게실에서 한정철과 함께 만났던 수염이 덥수룩하던 아저씨를 상상하고 있었는데 내 또래의 말간 남자가 나와서 조금 놀랐다. 나는 안내에 따라 취조실로 들어가서 앉았다.

박 형사가 테이블에 파일북을 가지런히 올리는 동안 주변을 둘러보았다. 대각선 위 모서리에 시시티브이가 달려 있는 게 눈에 들어왔다. 상당히 거슬렸다. 여기에 있다는 사실만으로 이미 죄인이 되어버린 기분이었다. 그러라고, 죄인이 된 기분을 느끼라고 앉혀놓은 거겠지? 나는 죄가 없다. 나는 죄가 없다. 머릿속을 이 문장으로 가득 채운 후 박 형사에게 물었다.

"저를 부르신 이유가 뭔가요?"

"95년에 한정철 선생님과 형사를 만난 적이 있죠? 기록이 남아 있어서 연락드렸습니다. 초동수사 자료를 확인하는 중이거든요."

가만있을 때는 괜찮더니 말을 할 때 박 형사는 심하다고 느껴질 정도로 코를 찡긋거렸다. 그 변화에 놀라서 들은 내용이 이해되지 않았으므로 나는 고개를 숙이고 곱씹었다. 형식적인 절차일 뿐인 거다. 괜히 쫄 필요 없어.

"그때는 살인 사건이 아니었으니까, 누락된 게 많아요."

살인 사건이요? 나는 고개를 들어 박 형사를 보았다. 시체를 발견했다고는 해도 살인은 오버 아닌가? 가출했던 애가 죽은 거니까 자살이나 사고사라고 생각하는 게 상식적이지 않나? 박 형사는 다시 코를 찡긋거렸다.

"일보지에 잠깐 유출된 적이 있는데, 사진 못 보셨나요?"

나는 고개를 저었다. 박 형사는 난처한 얼굴로 뭔가를 생각하다가 말했다.

"아직 정확하게 알려드릴 수는 없지만, 내부에서는 살인 사건으로 방향을 잡고 있습니다."

그러고는 그 이야기는 그만하자는 듯 탁 소리가 나게 파일북을 펼쳤다.

"제가 간단한 질문을 드릴 텐데, 사실 여부를 확인해주시기만 하면 됩니다. 95년에 한정철 선생님과 변민희 양이 사귀는 관계라고 하셨죠, 맞습니까?"

이후 질문은 총 세 가지였다. 일, 그렇게 말씀하셨던 근거가 있습니까? 이, 한정철 선생님을 96년에 만났던 이유는 무엇입니까? 삼, 한정철 선생님은 그쪽이 변민희 양을 마지막으로 보았다고 믿고 있습니다. 사실입니까? 나는 세 가지의 질문을 받은 상태로 어떠한 답도 할 수 없었다. 살인 사건이라는 단어가 내부의 스위치를 눌러 위험하다는 신호를 보내고 있었기 때문이다. 볼에 점이 있던 남자가 찍은 내 사진, 그걸 누군가가 본다면 어떻게 되는 거지? 어떻게 말을 해두어야 수습하기가 편할까? 한번 내뱉으면 바꿀 수 없다는 것을 나는 너무 잘 알고 있었다. 한정철에게 남자를 본 적이 없다고 했기 때문에 끝까지 못 본 척해야 했던 것처럼. 이번에는 신중하고 싶었으므로 이렇게 물었다.

"제가 오늘 이 대답을 해야 하나요?"

박 형사는 나를 뚫어질 듯이 바라보았다. 코를 찡그리지도 않았고 눈꺼풀을 깜빡이지도 않았다. 잠시 후 그 상태로 입을 열었다.

"뭐, 대답하기 곤란한 게 있나 봐요?"

"갑자기 불러서 물어보시면 다 곤란하죠. 좀 혼란스럽네요."

박 형사는 나에게 꽂은 시선을 거두지 않고 말했다.

"제가 급했습니다. 사흘 정도 여유를 두고 다시 뵙죠."

경찰청을 나오고서야 다리가 풀렸다. 몇 걸음 걸어서 택시를 잡는 것이 그렇게 힘들었다. 오피스텔에 돌아와서는 메모장에 박 형사가 했던 질문들을 썼다. 그것을 빤히 보다가 인터넷을 열고 일보지 유출 사진부터 뒤져보았다. 금영산, 금영산 여중생, 금영산 시신, 변민희. 검색창에 검색어를 바꾸어 넣으며 새로 고침했다. 그간 쌓인 기사가 꽤 많았다.

금영산에서 발견된 시체가 변민희라는 사실이 드러난 이후 초동수사에 대한 불신과 의혹이 제기되었다. 수사팀장은 급하게 기자회견을 열어 범인을 잡기 위해 모든 가능성을 철저하게 수사하겠다는 의지를 드러냈다. 2000년 이전 사건이라 시효가 살아 있는데 3개월도 남지 않아서 수사팀에서는 다급할 수밖에 없는 상황이라고 기자가 덧붙였다. 나는 기사들을 페이지 프린트해서 폴더에 따로 저장하며 포털을 바꾸어 검색어를 넣었다. 이미지 탭을 열었더니 주르륵 떴다가 사라지는 이미지

들 사이에서 뭔가가 스쳤다. 이전 페이지, 금영산 현장에서 찍은 사진이 맞았다. 일보지에서 올렸던 기사를 누군가가 블로그로 옮겨둬서 남아 있었다.

기자는 법의학팀이 오기 전에 출동한 경찰들에 의해 현장이 훼손되었다는 주장을 펼치고 있었다. 왜 기사를 내렸는지 즉각 이해되었다. 여러 장의 사진이 이어져 있었는데 첫 사진에는 '현장에서 발견된 증거 물품'이라는 메모가 붙었다. 흙바닥 위에 물품들이 흐트러져 있었고 그 앞에 숫자 팻말이 세워져 있었다. 삐삐와 지갑, 형체를 알아볼 수 없는 물건들이 눈에 들어왔다. 마우스를 드래그 했더니 다음 사진이 드러났다. 금영여중 하복을 현장에서 만나니 기분이 이상했다. 사진 속 시커먼 뼈의 모양이 두 눈에 박혔다. 양팔이 등 뒤에서 만나고 있었고 손으로 짐작되는 부위에는 굵은 밧줄이 엉켜 있었다. 이걸 보고 자살이라거나 사고사라는 말을 하지는 못할 것 같았다. 그렇구나, 살인이구나.

원래는 한정철의 최근 정보도 찾아볼 생각이었는데 계획을 바꿨다. 내가 얼마나 커다란 위험에 처했는지 파악되었기 때문이다. 없던 죄가 생길지도 모를 일이다. 전문가를 만나 상담부터 받아봐야겠다.

*

   강남구청역 앞 깔끔한 건물 5층 이정연 법률사무소로 약속 시간에 맞춰 들어갔다. 데스크에 앉아 있던 직원이 내 이름을 확인하고는 안에서 기다린다며 복도 끝 문을 가리켰다. 안내받은 문을 열고 들어갔더니 컴퓨터 앞에 앉아 있던 이정연이 일어서며 다가왔다. 홈페이지에서 봤던 프로필 사진에는 상체만 드러나 있어서 이렇게 키가 클 줄은 몰랐다. 적당히 살집도 있어서 실제로 마주하고 보니 깡마른 나와 닮았다는 느낌은 전혀 들지 않았다. 소파에 앉자 이정연이 내 앞으로 명함을 밀어주었다. 질 좋은 크림색 종이 위에 금색으로 볼록하게 이름과 전화번호 등이 적혀 있고 뒷면에는 이정연 법률사무소라고 적혀 있었다.

   "메일로 주신 내용은 확인했어요. 당황스러우셨겠어요. 경찰 출석 요청에 많이들 놀라시죠."

   "네, 그렇더라고요."

   효율적인 상담을 위해 메일을 보내둔 터라 이정연은 빠르게 본론으로 들어갔다. 나는 먼저 기본 상담료 외에 비용 이야기를 정리해두고 싶었다. 인터넷에서는 수임료가 몇십만 원으로 시작해서 상황에 따라 몇천, 몇억으로 높아진다고 해서 어림잡을 수가 없었다. 그렇게 말하자 이정연이 대뜸 나에게 물었다.

"그쪽이 죽었어요?"

내가 빤히 쳐다보았더니 이정연이 말을 이었다.

"아니면 걱정할 필요가 없겠죠. 상황에 따라 견적도 다르지 않겠어요?"

목소리와 함께 이정연의 눈빛이 내 얼굴에 내리꽂혔다. 나는 민망함을 빠르게 수습하며 입을 열었다. 박 형사의 전화를 받고 경찰청에 방문했던 정황을 최대한 구체적으로 설명했다. 내 말이 끝나자 이정연이 무언가를 메모하며 말했다.

"이제부터는 변민희 양에 대해 알고 계신 전부를 말해주시면 됩니다. 그 내용에 따라 추후 필요한 절차가 달라질 겁니다."

머릿속으로 상황들을 나열해보았다. 형제축산에서 변민희를 처음 보았던 것부터 말할까 하다가 그럴 필요는 없을 듯해서 95년 6월 12일로 시작했다. 미화부장의 mymy 도난 사건과 그걸 들은 한정철이 화를 내며 반 아이들을 때렸던 당시의 상황을 상세히 묘사했다. 잠시 주저하다가 다음 날 아침 변민희와의 만남도 털어놓았다. mymy를 두고 갔던 것에 대해서도. 15년 만에, 못 본 척해달라던 변민희와의 약속을 어기게 되었다. 다음 해에 한정철을 만났다고 했더니 이정연이 물었다. 그 선생님은 대체 뭘 알고 싶어했던 거냐고.

"그때 변민희 옆에 남자가 있었는데 그 남자를 찾고 싶어 했어요."

볼에 커다란 점이 있던 남자에 대해서도 나는 처음으로 내뱉었다. 새로운 인물이 등장하자 이정연의 눈매가 날카로워졌다.

"그 얼굴을 지금도 기억하세요?"

"네. 사진을 보면 알 수 있을 거예요."

덧붙여 형사 앞에서 한정철과 변민희가 사귄다고 언급했던 것도 말했다. 이정연은 그 증언을 뒷받침할 근거가 있느냐고 질문했고 내가 답했다.

"아이들 사이에서 도는 소문이 그랬으니까요."

굳이 내가 최리사에게 씨앗을 심었다는 이야기는 할 필요가 없을 것 같았다. 부족한 감이 있어서 변명하듯 덧붙였다. 당시 우리는 어렸으니 그럴 수도 있지 않았겠냐고. 나는 법을 몰랐지만, 그 점을 공략해야 한다는 것을 본능적으로 느끼고 있었다. 이정연은 나의 초조를 감지했는지 경찰 앞에서 이 내용을 증언하더라도 책임을 묻지는 않을 거라고 했다. 혹시나 무슨 문제가 생기거나 답하기 곤란한 순간이 오면 양해를 구하고 자신에게 전화를 걸어도 된다고. 그 말에 한결 마음이 놓여서 머릿속으로 반복했다. 곤란한 순간이 오면 양해를 구하고 이정연에게 전화를 걸어도 된다.

대충 정리가 된 것 같았다. 시계를 확인했더니 한 시간 37분이 지나 있었다. 이정연은 미팅 중에 자신이 메모한 것을 눈으로 죽 훑으며 이렇게 물었다.

"저한테 한 말은 모두 진실한 거죠?"

왜 다시 확인받는 건가 싶어서 나는 잠시 침묵했다가 답했다.

"거짓말처럼 들렸나요?"

"아니요, 불안해하셔서요. 그럼 뭐, 절대 일이 커질 수가 없어요. 시효가 얼마 안 남아서 경찰도 발악하는 것 같은데, 다음 출석 때 증언만 잘하시면 바로 끝날 일입니다."

대화가 정리된 것 같아서 인사를 하고 막 일어서려는데 이정연이 물었다.

"개인적으로 궁금해서 그런데요, 한정철 선생님이 변민희 양을 살해했다고 보십니까?"

"아니요. 그건 아닌 것 같아요."

"그럼, 범인이 누구라고 생각합니까?"

범인이 누구냐고? 그게 무슨 소리지? 범인? 나는 속으로 질문하며 이정연의 눈을 들여다보았다. 그 시간이 꽤 길었던 모양이다. 이정연의 괜찮으시냐는 목소리를 듣고서야 나는 죄송하다며 시선을 내렸다.

　이정연과 만나기를 잘했다. 지하철을 타고 가면서 그렇게 생각했다. 전문적인 도움을 받아서가 아니라 얽히고설킨 기억을 꺼내놓은 것만으로도 머릿속이 정리된 기분이었다. 오피스텔로 돌아와서 샤워까지 하고 났더니 더없이 개운해졌다. 느긋하게 침대에 기대서 노트북 검색창에 금영산, 변민희, 한정철 등을 넣고 나오는 정보를 확인했다. 새로운 뉴스는 별다른 게 없어서 동영상 탭을 클릭했다. 동영상 섬네일 중 가족 이미지가 눈에 걸려서 플레이했다.

　상담실 같은 작은 공간에 모여 앉은 부부와 딸이 보였다. 셋 다 모자이크 처리되어 있었지만, 나는 한눈에 그들이 한정철 가족임을 알아보았다. 한정철은 학교에서 잘리고 학원도 망했는데 이제는 살인범으로 몰리는 신세라고 했다. 재수사 과정에서 변민희 아빠가 다시 한정철을 걸고넘어진 것 같았다.

　"저와 가족에게 씌워진 누명을 기필코 벗고 말겠습니

다. 저희가 살길은 그것밖에 없습니다. 얼마나 시간이 걸리든지 싸워볼 생각입니다."

말하는 모습이 불안할 정도로 조급해 보였다. 그게 마음에 걸려서 쯧, 입 밖으로 혀 차는 소리가 나갔다. 마우스를 움직여 영상을 막 닫으려는데, 한정철이 아닌 옆에 앉은 딸에게 눈길이 갔다. 쟤는 왜 금영여중 교복을 입고 있지? 유치하게 코스프레, 이런 건가? 아, 아니다. 벌써 그렇게 된 거구나. 30 빼기 15는 15. 나는 머릿속으로 셈하면서 눈으로는 모자이크 위에다가 백일 사진 속 아기 얼굴을 그려 넣었다. 섬뜩하고 기괴했다. 한정철이 누명을 벗기 위해 언제 또 나를 찾아올지 모를 일이다. 그때는 96년 카페에서처럼 간단하게 끝나지 않을 것이다. 한정철에게 거짓말했던 건 사실이니까. 무거운 마음으로 영상을 닫자 그 아래 '동창생 증언'이라는 제목이 눈에 들어왔다. 동창생이면 아는 아이일 수도 있겠다고 생각하며 클립을 열었다.

과거 미결 실종 사건을 다루던 프로의 자료 영상이었다. 사이즈가 맞지 않아서 양옆으로 검은 바가 덧대 있었고 화질이 상당히 나빴다. 그 위로 최근에 올린 것 같은 쨍한 자막이 떴다. '금영산에서 시신으로 발견된 변민희 양의 당시 자료.' 과거 자료를 재편집한 듯했다. 진행자가 변민희 양의 친구를 만나보겠다고 말하자 모자이크 처리된 여학생이 등장했다.

"민희가 선생님한테 뺨을 맞을 때 제가 옆에 있었어요. 무서웠어요."

최리사. 그래, 최리사가 있었지. 한정철에게 잡히기 전에 최리사부터 만나둬야겠다. 쟤는 뭐라도 아는 게 있을 테니까 도움을 얻을 수 있을 거다. 카페와 블로그, 네이트, 싸이월드 등을 닥치는 대로 뒤지기 시작했다. 동창 몇 명을 징검다리로 디뎠더니 금방 찾을 수 있었다. 최리사가 운영하는 블로그 이름은 '꽃집네일'. 네일숍을 차린 모양이었다.

블로그에 뜬 지도를 보고 꽃집네일을 찾아갔다. 지안시 수정구 홍일동. 번화가 오거리 부근이었다. 근처에 왔는데도 엄마에게 연락하지 않았다는 게 마음에 걸려서 자꾸만 주변을 둘러보게 되었다. 큰 죄라도 지은 기분이었다. 이제라도 연락할까 싶었으나 엄마를 보고 가기에는 시간이 빠듯했다. 어쩔 수 없지. 생각은 그렇게 하면서도 꼭 쫓기는 사람처럼 옮기는 걸음이 분주했다. 극장이 있던 자리에는 대형 쇼핑몰이 들어와 있었고 그 옆으로 한 블록 들어간 건물 1층에 꽃집네일이 있었다. 신축이라 번쩍번쩍했다. 유리문을 열자 손님의 손톱을 손질하던 최리사가 고개를 들어 이쪽을 보았다.

"저희는 예약제예요. 입구 오른쪽에 예약 방법이 적혀 있으니까 확인해주실게요."

그려 넣은 것처럼 미소를 유지한 채 말하고는 손님의

손톱으로 시선을 옮겼다. 룰이 그렇다면 따라야지. 입구 안내판 아래에는 바로 등록할 수 있도록 노트북이 놓여 있었다. 내용을 읽으며 예약란을 확인했다. 가장 빠른 타임이 이번 주 주말이었다. 주말이라면 시간을 맞출 수 있겠다. 나는 예약 체크를 한 후에 최리사를 향해 말했다.

"그럼, 다시 오겠습니다."

미소와 함께 네, 하고 답하던 최리사의 얼굴이 별안간 바뀌었다.

"어? 저기요, 언니. 잠시만."

손님의 손을 놓으며 최리사가 일어섰다. 생각지 못했던 반응에 나는 멈춰 섰다.

"너, 맞지? 어떻게 너는 진짜 그대로다."

성큼성큼 다가와 내 손을 잡고는 슥슥 문질렀다. 보드랍고 편안해지는 터치였다.

"도대체 얼마 만이니, 이게?"

최리사는 내 이름을 기억하지 못하는 게 분명했다. 호칭을 피하며 겉도는 말투에서 확신할 수 있었다.

"서진여고? 아닌가, 금영여중?"

"금영여중, 2학년 때."

"맞다, 맞다. 너 반장이었지? 기억나."

나는 우리 쪽으로 고개를 길게 뺀 손님이 신경 쓰여서

마음이 급해졌다.

"응. 주말에 올 테니까 그때 더 얘기하자."

최리사는 손님 쪽을 돌아본 후 꼭 주말에 와달라고 부탁하며 잡은 손을 놓아주었다.

예약 시간에 맞춰 꽃집네일에 들어갔다. 나는 이야기를 나누고 올 생각이었으나 최리사는 손톱 관리를 해주려는지 자리로 잡아끌었다. 내 손을 앞뒤로 뒤집어 보고는 큰일이라고, 엉망이라고, 어떻게 이렇게 될 때까지 내버려뒀냐고 했다. 죽을병에 걸린 사람을 대하듯 극성스러운 최리사에게 손을 맡긴 채 나는 잠자코 있었다.

"차긴 또 왜 이렇게 차? 평소에 마사지라도 하면서 좀 풀어줘, 순환이 영 안 되네."

내 손이 찬가? 타인과 손잡을 일이 없어서 모르던 사실이다. 그런 감각은 상대적인 것이니까. 최리사는 집중해서 손톱 주변을 갈아내더니 크림을 바른 후, 따뜻한 열이 나는 작은 기계에 넣어주었다.

"이러고 10분 있어야 해. 복잡하지?"

"끝난 거 아니야?"

나는 손톱 관리를 빨리 끝내고 싶었지만 최리사는 그럴 생각이 없어 보였다.

"한참 남았어. 너, 싸게 해줄 테니까 자주 와라. 근처 살지?"

"아, 좀 멀어. 실은 할 이야기가 있어서 온 건데."

뜸을 들이자 최리사의 얼굴에 언뜻 경계가 스쳤다. 나는 빠르게 말을 붙였다.

"너도 경찰청 출석했니? 나는 했거든."

"경찰청? 민희 때문에?"

"응."

최리사의 표정이 묘하게 바뀌었다. 변민희와 나를 연관 지어 생각해본 적이 없는 듯했다. 이정연에게 털어놓았던 게 도움이 되었던지 술술 말이 나왔다.

"내가 그날 변민희를 봤었거든. mymy 도난 사건이 있었는데, 혹시 기억나?"

"mymy? 오, 미친. 기억나."

"그걸 변민희가 두고 가더라고, 사라진 날 아침에."

이야기를 듣는 최리사의 두 눈에 거짓말처럼 그렁그렁 눈물이 차올랐다가 또르륵 흘러내렸다. 그랬어? 민희가 진짜 그랬어? 하고 최리사가 물었는데, 궁금해서 묻는 게 아니라 눈물에 맞춰 자동으로 나오는 소리 같았기에 나는 고개를 끄덕이는 것으로 대답을 대신했다.

"민희 걔가 그런 게 있었어, 착했어."

역시 나는 고개만 끄덕였다. 눈물이 흐르는 볼을 손으로 닦아내던 최리사가 무언가를 떠올렸는지 허공을 바라보며 정지했다. 어느새 눈물은 말라버리고 얼굴 전체가 텅 빈 듯했다. 최리사의 침묵이 길어지자 내가 말을 꺼냈다.

"뭐, 문제가 있는 거야?"

최리사는 여전히 허공에 시선을 둔 채였다.

"그럼, 학교를 엄청 일찍 갔겠네?"

"응, 그랬어."

"승완 오빠 말이 맞을 수도 있겠다."

변민희가 실종 당일 학교에 왔었다는 이야기에 어떤 것을 깨닫거나 이해하게 된 듯했다.

"왜? 승완이라는 사람이 뭐라 그랬는데?"

그때, 삐삐삐 알람이 울렸다. 내 손을 감싼 기계에서 나오는 소리였다. 최리사가 내 손을 빼내 스펀지로 가볍게 문질렀더니 징그럽게도 하얀 각질이 솟아나기 시작했다. 최리사는 혼잣말하듯 중얼거렸다.

"민희가 진짜 학교에 갔구나, 그날."

얘가 아는 걸, 나도 알고 싶다. 그렇게 생각하자 변민희의 현장 증거 사진이 떠올랐고 입 밖으로 말이 튀어 나갔다.

"내가 봤을 땐, 범인이 주변 인물인 것 같아. 현장에 삐삐랑 지갑 같은 게 그대로 있더만."

분주히 움직이던 최리사의 손이 정지했다. 나는 조금 더 밀어붙였다.

"모르는 사람이면 싹 다 훔쳐 갔겠지. 아직 안 잡혔으니까 너나 나도 위험해."

"내가 왜?"

"범인이 아직 우리 주변에 있다는 소리잖아. 그러니까 우리는 뭉쳐야 해."

여기까지 말하고 나는 승완 오빠라는 사람에 관해 물어보려고 했다. 최리사 말대로라면 그 사람이 내 사진을 찍었을 텐데, 정보가 전혀 없으니까. 어떻게 말을 꺼낼지 고민하는데 최리사가 내 쪽으로 얼굴을 바싹 붙이며 말했다.

"이건 진짜 비밀인데, 나는 범인이 누군지 알아."

나는 침을 삼키며 최리사의 다음 말을 기다렸다.

*

출석 날이 되어 박 형사와 마주 앉았다. 박 형사는 여전히 코를 찡긋거리며 지난번 심문이 매끄럽지 못했던

130

점을 사과드린다고 했다. 나는 심문이라는 것을 처음 받아보았으므로 문제라고 느끼지 못했다. 사과할 필요까지는 없다고 생각했으나, 빠르게 끝내고 싶었으므로 미소지은 채 별말을 붙이지 않았다. 박 형사는 녹음 버튼을 누르고 질문을 시작했다.

"추가로 발견된 증거 자료들이 있습니다. 최대한 아는 선에서 답해주시면 됩니다."

추가 자료라는 것은 변민희와 친구들이 브이를 하고 찍은 사진과 노래방, 골목 등의 장소 사진이었는데 아는 바가 없어서 모른다고 몇 번이나 답했다. 이어지는 질문은 한정철과 변민희의 관계에 대한 것이었다. 나는 준비해 간 대로 말했다. 당시 변민희가 한정철을 좋아한다는 말을 자주 했는데 그래서 그런 소문이 돌았던 것 같다, 나 역시 그렇게 믿었고. 하지만 지금 생각해보면 전혀 근거가 없는 소문이었다. 녹음기가 돌아가고 있는데도 박 형사는 뭔가를 메모하며 들었다. 잠시 후 펜을 놓고 자신이 메모한 것을 들여다보던 박 형사가 이렇게 물었다.

"변민희 양을 마지막으로 봤을 때의 정황을 구체적으로 설명해주시겠어요?"

"저는 원래 학교를 일찍 갔는데 그날도 그랬어요."

이미 이정연과 최리사에게 동일한 내용을 말한 후라

너무 매끄럽게 나올까 봐 기억을 더듬듯 호흡에 신경 썼다. 박 형사가 집중하는 게 느껴졌다. 이번에는 코를 찡그리지 않았기 때문이다. 이 습관은 범인을 심문할 때 불리할 것 같았다. 나도 파악이 가능할 정도니까. 이야기를 듣고 난 후, 박 형사는 동행에 관해 물었고 나는 있었다고 답했다. 처음에는 한정철 선생님이 무서워서 못 봤다고 했는데 이후에는 거짓말을 한 게 들킬까 봐 사실을 말하지 못했다고. 하지만 변민희 옆에는 남자가 있었다고. 여기까지 말했을 때, 박 형사는 파일북에서 사진 몇 장을 꺼내 내 앞에 늘어놓았다.

"이 중에 그 얼굴이 있습니까?"

다양한 얼굴들 사이에 볼에 점이 있는 남자가 있었다. 나는 검지를 뻗어 남자를 가리켰다. 박 형사는 질문을 이어갔다. 변민희 양과 이 남자의 관계가 어떻게 보이던가요? 당시 분위기가 어땠죠? 나는 최대한 구체적으로 답했다. 말을 할수록 홀가분해지는 듯한 느낌이 좋았기 때문이다. 늘어놓았던 사진을 정리하는 박 형사를 보며 다음 질문을 기다렸다. 박 형사는 질문 대신 이렇게 말했다.

"수고하셨습니다. 이제 가시면 됩니다."

"질문은 끝인가요?"

"네. 뭐, 할 말 있으십니까?"

"아니요, 그런 건 아니고요."

작게 답하며 박 형사를 따라 일어섰다.

경찰청을 나와 고속버스를 타고 가면서 최리사가 했던 말을 떠올렸다. 경찰은 아무것도 모르는 것 같은데 범인은 변민희 아빠라고 했다. 변민희가 아빠 가게에서 종종 돈을 훔쳤는데 그 이유로 죽여버릴 거라는 소리를 자주 했었다고. 아무리 그래도 친아빤데 죽이기까지 했을까. 내가 그렇게 말했을 때 최리사는 니가 몰라서 하는 소리라고 했다. 변민희 아빠는 그 전에도 애를 몇 번이나 죽을 만큼 팼단다. 듣고 보니 엄마가 했던 말이 기억났다. 맞았으면 맞을 짓을 한 거야, 그렇게 말했었지. 동의할 수는 없지만 폭행을 목격한 건 분명하니까. 그렇다면 진짜 변민희 아빠가 범인인 걸까? 자기가 죽여놓고는 한정철한테 덮어씌우려고 그 난리를 쳤던 걸까? 생각만으로 정수리에 얼음덩어리가 내려앉은 것 같았다. 관자놀이가 저릿저릿했다. 최리사가 변민희 아빠에 대해 증언하고 나면 경찰은 직원이었던 엄마에게도 출석 요청을 할 것이다. 엄마가 놀라기 전에 미리 말해두는 게 좋겠다. 순간 징, 울리는 진동 소리에 빠르게 뻗어나가던 생각이 멈췄다. 액정에는 선배 번호가 떠 있었다.

오피스텔에는 선배가 먼저 와 있었다. 상체는 소파에 기대고 다리는 테이블에 올린 자세로 눈을 감고 있었으므로 나는 선배가 자는 줄로만 알았다. 잠깐 자더라도 좀 편하게 자라고 소파 끝에 걸터앉으며 선배의 다리를 옆으로 밀어주는데, 목소리가 들려왔다.

"손대지 마."

돌아보았더니, 선배가 눈을 뜨고 나를 바라보고 있었다.

"계속 못 잤나 봐."

놀라울 정도로 다정한 목소리가 입 밖으로 흘러나왔다. 선배는 맨손으로 얼굴을 쓸어내리고는 다리를 바닥으로 내렸다. 나는 상황을 충분히 파악하고 있었다. 선배가 개발팀 사고를 처리하느라 얼마나 피로했을지, 총무과 실장에게 마켓 계약금 이야기를 들었을 때 얼마나 황당했을지 등을 가늠해볼 수 있었다는 말이다. 하지만 선배가 자신에게 뭐 할 말이 없느냐고 물었을 때, 나는 이상하게도 머리가 나빠진 것처럼 굴고 싶어졌다. 그 욕망이 다른 복잡한 것들을 무찌르고 가장 강력하게 자리 잡았다.

"자고 갈 거야?"

예상치 못한 질문이었던 모양이다. 선배가 미간을 찡그리며 작게 웃었다. 그 미소를 보자 왜인지 우리 사이에 아무런 문제가 없는 것처럼 느껴져서 나도 따라 웃었다.

"너 퇴사 처리했어. 이번 주까지 자리 정리해. 계약금 횡령한 건 퇴직금으로 쳐줄 테니까 감사하게 생각하고."

선배의 목소리가 귀로 흘러들어오자 멈춰 있던 무언가가 빠르게 돌아가며 정신이 번쩍 들었다. 어디까지 걸렸길래 퇴직금으로 처리해준다는 거지? 코엑스 마켓 2천을 말하는 걸까, 전체 5천을 말하는 걸까? 고민하는 사이 선배는 소파에서 일어났다. 나는 마음이 급해져서 손을 뻗어 선배의 팔을 잡았다.

"지금 나 잘린 거야?"

선배가 내 손을 밀쳐냈다. 벌레를 털어내듯 간단하게. 그러고는 곧장 현관으로 걸어갔다. 나는 선배를 잡기 위해 이번에는 목소리를 냈다.

"와이프 연락처를 내가 알아. 그래도 괜찮겠어?"

순간, 선배의 다리가 정지했다.

"너는 양심이라는 게 아예 없구나?"

나는 양심이 없는 게 아니라 재능이 있는 거야, 속아 넘어간 선배는 재능이 없는 거고. 그 말을 막 하려는데 선수 치듯 선배가 말했다.

"한마디만 더 지껄여봐, 신고해버릴 테니까."

선배의 목소리에는 아무런 감정이 없었다. 분노나 미움조차도. 그게 놀라워서 나는 선배가 현관문을 열고 나가는 걸 바라보기만 했다. 끝이구나, 우리의 5년이 이렇게 끝나는구나. 달려가서 매달리지 않기 위해 손끝 발끝에 힘을 주며 버텨냈다.

다음 날, 회사에 나가서야 내 통장으로 진행했던 네 건의 계약 중 코엑스 마켓 한 건만 걸렸음을 알게 되었다. 선배가 남은 세 건, 그러니까 3천 2백만 원의 횡령에 대해 알게 된다면 분명 신고할 것이다. 그 전에 어떻게든 막아야 한다. 오피스텔 보증금을 빼고 적금을 깨면 얼추 돈은 마련할 수 있을 것 같았다. 곧장 오피스텔 관리소에 연락해서 이사 날짜를 조정했고 은행에 가서는 적금을 해지했다. 거래 업체에는 담당자가 바뀌었으니 세금계산서를 다시 발행해달라, 부탁도 했다. 돌려드리는 계약금은 회사명의 통장으로 넣어달라고 덧붙이면서. 천만 원 단위를 입금했다가 출금하고 다시 입금하기를 반복했다. 모두 끝내고 났더니 통장에는 3백만 원 남짓이 남았다. 한 달 월급에도 못 미치는 돈이었다. 지난 5년간 매일같이 출근하고 남은 돈이 겨우 이거구나. 남의 돈에 손대지 말았어야 했다는 후회보다 똑똑하게 일을 처리하지 못했다는 자책이 컸다.

짐을 줄여야 했다. 오피스텔에 들어올 때만 해도 선배 차로 옮길 수 있을 정도로 간소했는데 어느새 부피가 늘어나 있었다. 먼저 32인치 캐리어 두 개를 구입했다. 거기에 들어갈 짐만 챙기고 나머지는 버릴 생각이었다. 가구들 대부분이 빌트인이라 가능할 것 같았다. 하지만 옷과 책, 노트북, 화장품과 자잘한 물건을 넣었더니 금세 캐리어가 꽉 찼다. 백 리터짜리 종량제 봉투를 사다가 그 안에 소형 선풍기와 앤틱 라디오, 빨래함, 사은품으로 받았던 고데기 세트 등을 넣었다. 입지 않을 것 같은 옷과 이불, 쿠션 등은 헌 옷 수거함에 버렸다.

영수증과 여권, 통장 등이 들어 있는 서랍을 정리할 때는 시간이 좀 걸렸다. 통장 뒤에 붙은 웬 가족사진을 보고는 뭔가 싶어서 집어 들었다. 눈꺼풀을 몇 번이나 깜빡이고서야 남자가 한정철임을 알아볼 수 있었다. 진짜 곽부성을 닮긴 했구나. 한정철과 아내 사이에는 아기가 앉아 있었고 그 아래에는 '한예은 양 백일 사진. 1995년 12월 18일'이 적혀 있었다. 카페에서 챙겼던 사진이구나. 15년 동안 가지고 있었으면서 존재 자체를 잊고 있었다.

순간, 징그럽다는 생각이 들었다. 사진 속 인물들이 그렇다는 게 아니라 15년 동안이나 내게 들러붙어 있던 이 작은 종이 쪼가리가. 나는 작게 몸서리를 치며 사진을 종량제 봉투에 던져버렸다.

9

일찍 움직인 덕분에 지안시 터미널에 도착해서도 채 10시가 되지 않았다. 택시를 타고 전주분식에 내렸더니 셔터가 내려져 있었다. 지난번처럼 엄마가 또 어디 가버린 건 아닐까? 바로 전화를 걸자, 꽉 잠긴 목소리가 들려왔다.

"왜?"

"엄마, 가게에 있어?"

"어, 왜."

"진짜 가게에 있는 거지? 나 앞이야, 열어줘."

대답 없이 전화는 바로 끊어졌다. 다행히 안쪽에서 소리가 들리더니 철컥, 셔터가 올라갔다. 나는 캐리어 하나를 먼저 밀어 넣으며 부탁했다.

"이것 좀 받아줘."

왜인지 엄마는 팔짱 낀 상태로 캐리어를 내려다보고

만 있었다. 그 얼굴이 몹시도 언짢아 보였으나 남은 캐리
어를 끌어와야 했으므로 뒤돌아섰다. 뒤통수 쪽에서 목
소리가 들려왔다.

"엄마한테 말투가 그게 뭐야?"

"말투? 뭐가?"

순간 캐리어가 턱을 넘지 못해 휘청거려서 팔에 힘을
주어 들어 올렸다. 엄마 목소리가 다시 들렸다.

"내가 니 친구야?"

엄마의 심기를 거스르지 않을 말을 찾을 수가 없어서
나는 침묵했다. 캐리어 두 개를 밀어 넣고 났더니 어깨에
멘 가방의 무게가 갑작스럽게 느껴져 테이블 위에 내려
놓았다. 아주 오래된 피로가 몰려왔다. 지금 막 왔는데도
바로 떠나고 싶었다. 한동안 나를 노려보던 엄마가 쯧,
혀 차는 소리를 내더니 봐준다는 투로 말했다.

"너 엄마가 사기꾼인 것처럼 말했잖아, 좀 전에."

몇 번이나 했던 말을 복기해보고 나서야 이유를 알아
낼 수 있었다. 진짜 가게에 있었냐고 물었던 것 때문이겠
구나. 별다른 의도 없이 했던 말이었으나 엄마가 불쾌했
다니 바로잡는 게 나을 듯했다. 내가 무심했어, 진짜 조
심할게. 여러 번 사과한 후에야 엄마는 줄곧 끼고 있던
팔짱을 풀었다. 그 모습을 보자 두텁게 쌓인 피로 위로

졸음이 쏟아졌다. 나는 캐리어를 아무렇게나 밀어두고는 방으로 들어갔다. 엄마의 목소리가 내 등을 때렸다.

"자? 이 짐은 다 뭔데? 말은 해주고 자야지."

"일어나면 말해줄게. 너무 졸려."

이불도 깔지 않고 모로 누워 잠들었다.

깨고 보니 목이 말라 정수기로 가서 물을 마셨다. 엄마는 어묵 꼬치 뭉텅이를 통에 넣다가 멀뚱히 선 나를 보고 말했다.

"거들거나 들어가서 더 자거나. 뭐든 해."

나는 얼떨결에 엄마를 돕기 시작했고 점심시간이 되자 여중생들이 몰려들었다. 언니, 여기 떡볶이! 언니, 물! 여중생들은 처음 보는 나를 언니라고 부르며 친숙하게 대했다. 제대로 앉을 여유도 없이 점심은 후딱 지나갔고 한숨 돌리려나 할 때는 이미 저녁 준비 중이었다. 시키는 대로 마트에 갔다 오고 콩나물 대가리를 다듬었다.

엄마가 떡볶이 판에 밀떡을 쏟아붓는 사인에 맞춰 다시 여중생들이 들이닥쳤다. 무표정으로 일하는 엄마를 보며 혼자서 이렇게 힘든 일을 해왔구나, 가슴이 뻐근해졌다. 동시에 머릿속으로 엄마에게 빌붙으려면 노동력을 제공해야 한다는 사실을 단단하게 새겼다. 편하게 쉴 줄 알았는데 강도 높은 노동을 하게 될 줄이야.

　마감 정리를 한 후 엄마가 카운터 금고에서 돈을 빼더니 은행에 갔다 오겠다고 했다. 바깥 공기를 쐬고 싶어서 나도 따라나섰다. 엄마는 돈이 든 작은 손가방을 티 나게 바싹 안고 걸었다. 그 모습이 귀여워서 곁눈질하다가 문득 최리사의 말이 떠올랐다.

　"엄마, 변민희가 돈을 훔쳤어?"

　엄마는 갑자기 무슨 소리냐는 표정으로 나를 돌아보았다.

　"얼마 전에 들었는데 가게 돈을 자주 훔쳤대. 너무 옛날이라 기억이 안 나려나?"

　"그랬어."

　"뭐?"

　"훔쳤다고. 걔 아빠는 신경을 안 쓰더라? 그래서 나도 훔쳤어."

　"엄마도 돈을 훔쳤다고?"

　내가 놀라서 묻자 엄마는 만능 방패를 꺼내 들었다.

　"애 키우는 게 어디 쉬운 줄 알아? 니가 무슨 돈으로 컸는데?"

　할 말이 차올랐으나, 엄마가 말을 멈출까 봐 입술을 꾹 닫았다. 다행히 엄마의 말은 계속되었다. 내가 중2 되던 해, 설 대목에 엄마는 꽤 큰돈을 슬쩍했다. 몇 시간 후 금고에서 돈을 빼려던 변민희가 아빠에게 잡혔고 엄마가 빼낸 돈까지 추궁당했다. 변민희 아빠는 또 애를 팼고 엄마는 평소처럼 못 본 척했다. 그날부터 변민희는 엄마를 볼 때면 눈을 부라리기 시작했다. 둘만 있게 되면 엄마들으라고 욕설을 내뱉기도 했고 괜히 밀치며 지나가기도 했다. 그렇게 변민희가 한창 험악하던 시기에 나와 같은 반이 되었다. 엄마는 변민희가 나한테도 해코지할까봐 신경이 쓰였다.

"그런데 신기하게 개학식하고는 애 독기가 좀 빠지더라? 그게 더 무서웠잖아, 너랑 어울리나 싶어서."

말하면서 엄마는 에이티엠기에 돈을 간추려 넣었다. 촤라락, 기계가 돈 세는 소리에 맞춰 나는 그날의 교무실로 돌아갔다. 나와 눈이 마주친 변민희의 얼굴 근육이 움직이기 시작했다. 입술이 펼쳐지면서 잇몸이 훤히 드러나더니 순식간에 개구진 느낌의 미소가 만들어졌다. 엄마가 기계에서 영수증과 카드를 뽑는 동안 나는 변민희를 홀린 듯 바라보고만 있었다.

*

전주분식에 짐을 싸 들고 온 후로 며칠이 흘렀다. 한 달은 지난 듯했는데 손을 꼽아보니 고작 6일이 지났을 뿐이다. 오거리 마트에서 만난 최리사가 너무 반갑게 인사해서 몇 마디 나누던 중에 깨닫게 된 사실이다. 최리사는 이사 왔으면서 왜 말도 안 해줬느냐 책망했고 나는 이사가 아니라 잠시 지내러 온 거라고 정정했다.

"그게 그거지. 축하주 한잔하고 가. 바로 앞이잖아."

나는 들고 있던 샴푸를 내려놓고 최리사를 따라나섰다. 엄마가 쓰는 샴푸가 맞지 않아서 마트에 온 거였는데 다음에 사야겠다.

꽃집네일에 도착하자 최리사는 부산해졌다. 어떻게 딱 널 만나냐, 속 시끄러워서 죽는 줄 알았는데 진짜 다행이다. 입으로 쉬지 않고 말을 내뱉으면서도 손으로는 치즈와 견과류, 와인 등이 담긴 트레이를 차려냈다. 작은 그릇에는 초콜릿이 담겨 있었는데, 포장지가 눈에 익어서 하나를 들어 유심히 보았다. 포켓 커피. 과학고 모의고사 전에 동력기가 줬던 초콜릿이었다. 안에 커피가 들어 있어서 깜짝 놀랐지. 관자놀이 쪽이 지끈거리면서 입안에 침이 고였다. 별안간 기억하는 줄도 몰랐던 동력기

144

의 얼굴이 떠올랐다.

모의고사 이후 수학반이나 복도에서 마주칠 때면 동력기는 유난히 친근하게 말을 걸어왔다. 한번은 우리 반에 찾아오기도 했는데, 나를 복도로 불러내서 한다는 소리가 자신이 뭘 잘못했느냐는 거였다. 인사도 받아주지 않고 모르는 척하는 이유가 뭐냐고. 그 말을 하던 동력기의 표정이 아직도 생생하다. 눈썹 끝과 입술 끝이 아래로 축 처져서 볼품없었다. 졸업식 날, 교장에게 과학고 입학자로 동력기가 호명되었을 때, 나는 초라했던 그 얼굴을 떠올리며 버텨냈다.

"그거 와인이랑 은근 어울린다?"

목소리에 정신을 차리고 보니 손에 초콜릿이 들려 있었다. 세팅을 마친 최리사가 내 잔에 와인을 따랐다. 과거의 동력기와 현재의 최리사가 시간을 묘하게 비튼 듯했다. 순간 멀미가 느껴져서 나는 눈꺼풀에 힘을 주었다. 최리사가 이어 말했다.

"너 뉴스 봤어? 유력한 용의자."

용의자라는 단어를 듣자 머릿속에 남아 있던 동력기의 얼굴이 빠르게 흩어졌다. 엄마 일을 돕느라 정신없어서 뉴스를 확인하지 못했다. 나는 고개를 가로저었다. 최리사는 와인을 물처럼 벌컥벌컥 마시고는 말했다.

"처음에는 완전 헛물켰다고 생각했거든? 한정철도 그렇고 경찰들도 그렇고. 왜냐면 범인은 민희 아빠니까. 승완 오빠는 그럴 사람이 아니거든. 근데 이제는 뭐가 뭔지 모르겠어."

승완 오빠가 볼에 점이 있던 남자라는 것까지는 파악하고 있었지만, 최리사를 따라가기 위해서는 정보가 더 필요했다.

"승완이라는 사람이 용의자로 지목됐다는 거지? 너는 뭘 모르겠는데?"

"민희 사라지고는 승완 오빠가 연락이 안 됐어. 근데 한정철이 어떻게 알고 나한테 묻더라? 둘이 같이 간 거 아니냐고. 그때는 한정철이 민희 때렸던 게 분해서 아니라고만 했는데 몇 년 뒤에 승완 오빠가 나타나서는 맞다는 거야. 그날 아침에 같이 있었다고. 그러면서 학교에 들렀다가 가게로 갔다는데 믿을 수가 있어야지. 민희가 학교를 진짜 싫어했거든. 오빠가 좀 이상하구나, 하고 그냥 넘겼어."

나는 타이밍에 맞춰 고개를 끄덕였다.

"그런데 니가 둘을 학교에서 봤다며. 그제야 승완 오빠 말이 사실이구나, 싶더라고. 민희 아빠가 범인이라는 확신도 그때 섰고."

"승완이라는 사람이 변민희 아빠가 죽였대?"

"그러니까 들어봐. 민희가 학교에서 나오면서 아빠 가게로 가자 그러드래. 돈이 없으니까 챙겨 가자고. 가게 앞에서 승완 오빠는 기다리고 민희 혼자 들어갔는데 좀 이따 민희가 아빠한테 잡혔다는 거야. 소리 듣고 오빠는 바로 튀었고."

변민희의 동선이 추가되면서 머릿속이 아득해졌다.

"승완 오빠 말이 사실이라면, 민희는 자기 아빠한테 맞아 죽은 거야. 그럼 말이 맞아. 그 전에도 워낙 애를 팼으니까. 근데 경찰한테 이걸 말하려다가 기사를 하나 봤어."

최리사는 노트북에서 뭔가를 찾아 내 쪽으로 밀어주었다. 변민희 아빠가 기자와 진행했던 인터뷰였다. 날짜는 1995년 10월 19일로 찍혀 있는데, 포스팅 시기는 최근이었다. 시신이 발견되면서 끌어 올려진 듯했다. 마지막으로 딸을 본 게 언제냐는 기자의 질문에 변민희 아빠는 이렇게 답했다. '친척 어르신들과 선산 벌초하는 날이라 민희가 자는 걸 보고 새벽 3시에 나왔어요.' 최리사가 검지 끝으로 문장을 직 그은 후 말했다.

"민희 아빠는 그날 가게에 없었다는 거거든? 승완 오빠랑 민희 아빠, 둘 중에 하나가 거짓말한다는 거잖아. 너는 누가 범인 같아?"

최리사 이야기를 듣고 보니 나도 헷갈렸다. 돌아가면 엄마에게 꼭 물어봐야겠다. 엄마라면 그날 변민희 아빠가 있었는지 없었는지 시원하게 말해줄 거다. 침묵이 불안했던지 최리사가 내 손을 잡으며 말했다. 니 말대로 범인이 아직 우리 주변에 있다고 생각하니까 너무 무섭다고. 김승완도 무섭고, 민희 아빠도 무섭고, 한정철도 무섭다고. 최리사가 곧 울음을 터뜨릴 것만 같아서 내가 빠르게 말을 붙였다.

"내가 도와줄게. 친한 변호사도 있으니까, 함께 도움받을 수 있을 거야."

함께라는 말이 듣기 좋았던지 최리사가 작게 반복하는 게 들렸다. 나는 확인해야 할 것을 잊지 않고 물었다.

"네가 그 승완 오빠랑 마지막으로 연락한 건 언젠데?"

"한 3년 전인가? 밤에 갑자기 전화가 왔더라, 잘 사냐고. 자다 받아서 대답도 잘 못 하고 끊었어. 베트남에 있다고 했던 건 기억나."

"그럼 변민희 아빠도 승완 오빠라는 사람을 범인으로 보는 거야?"

"아니. 희한하게 민희 아빠는 온리 한정철이야. 그래서 한정철이 민희 아빠한테 소송 걸라고 하잖아."

희한하다고? 다행히 최리사는 한정철이 범인으로 몰

148

리게 된 이유가 기억나지 않는 듯했다. 내가 씨앗을 뿌리고 최리사가 키워냈던 그 소문이.

최리사 가게를 나와서 곧장 전주분식으로 향했다. 엄마가 잠들어버릴까 봐 마음이 급했다. 와인은 한 잔밖에 마시지 않았는데도 심장박동이 빠르게 느껴졌다. 반쯤 내려진 셔터 아래로 몸을 밀어 넣었더니 안쪽에서 엄마 목소리가 들렸다.

"잠그고 들어와."

시키는 대로 셔터를 완전히 내려서 잠근 후에 방으로 향했다. 엄마는 내 쪽은 보지도 않고 손톱을 깎으며 말했다.

"마트에서 샴푸를 만들어 왔니?"

나는 엉킨 호흡을 고르며 문턱에 걸터앉았다.

"친구 만나서 얘기 좀 하다 왔어."

내뱉는 숨에 알코올이 섞였던 모양이다. 엄마가 코를 킁킁거리며 고개를 들었다.

"술 마셨어?"

"어, 딱 한 잔."

"잘하는 짓이다, 다 큰 기지배가 오밤중에 술 취해서 쏘다니고."

엄마는 깎은 손톱을 모아 쓰레기통에 넣고는 손을 털었다.

"조심할게. 근데 엄마, 변민희 없어진 날 기억나?"

"걔 얘기를 왜 자꾸 꺼내? 정신 사납게 하지 말고 잠이나 자."

그렇게 쏘아붙이고 펼쳐놓은 이불로 쏙 들어갔다. 나는 눈치를 살피며 말을 붙였다.

"그날 변민희 아빠가 가게에 없었어?"

"고향 갔다가 오후에나 왔을 거야, 왜?"

"기억력도 좋다."

"애가 없어졌으니까 기억하지, 그럼."

"오전에는 엄마 혼자 일했어?"

엄마가 상체를 반쯤 세워 나를 보았다.

"뭔데 그렇게 찔끔찔끔 물어. 뭐가 궁금한데?"

"혼자 일했으면, 변민희를 봤겠네?"

"내가 걔를 왜 봐?"

"누가 그날 아침에 변민희가 가게에 들어가는 걸 봤대."

"그걸 봤다고?"

"어, 그랬대."

"별 미친 소리를 다 듣겠다."

엄마는 다시 눕더니 얼굴 위로 이불을 덮었다. 대화가

끝났다는 소리였다. 궁금증이 풀리지 않았으므로 나는 조금 더 묻고 싶었다.

"그럼 변민희는 가게에 안 갔던 거야?"

방 안에는 침묵뿐이었다. 나는 이불 더미를 잠자코 내려다보다가 형광등 불을 껐다. 엄마가 이불 밖으로 얼굴을 빼내며 벽을 향해 돌아누웠다. 천천히 기어들어가 엄마 옆에 누웠지만 도저히 잠이 올 것 같지가 않았다. 승완 오빠라는 사람은 그날 변민희가 가게에 갔다고 했고 가게에는 변민희 아빠가 아닌 엄마가 있었다. 하지만 엄마는 변민희를 만나지 않았다고 했다. 이제 엄마와 승완 오빠라는 사람, 둘 중 하나가 거짓말하고 있었다.

10

　며칠 후 점심 장사를 마치고 한숨 돌리는데 최리사에게 전화가 왔다. 지안중부경찰청에 다시 출석하게 되었다며 함께 가줄 수 있느냐고 물었다. 나는 재출석 요구를 받은 적이 없기에 최리사에게 이유를 물었다. 그건 자기도 모르겠다고 했다. 가보면 알지 않겠느냐고. 나는 진짜 미안해서 어쩌냐로 시작해서 분식집 핑계를 대고 거절했다. 거짓말이었다. 경찰청이 무서워서 한 거짓말. 그러면서도 신의를 잃을까 봐 조만간 가게로 찾아가겠다는 약속을 붙였다. 전화를 끊고 나서 심란해졌다. 최리사는 왜 재출석하는 걸까? 경찰은 뭘 찾는 거지? 나한테도 연락이 오면 어쩌지? 상황을 파악하고 있어야겠다. 엄마에게 늦을지도 모른다고 말한 후 잔소리가 들려오기 전에 분식집을 나왔다.

　피시방에 자리 잡고 앉아 '금영산 여중생 사건'을 검

색했다. 그동안 쌓인 뉴스가 끝도 없었다. 실종되었던 여중생이 시체로 돌아왔다는 사실에 사람들은 관심이 많았다. 범인을 찾자는 인터넷 카페도 눈에 띄었다. 진범의 신원 정보가 털렸다는 글이 여기저기 보였으나, 확인해보면 죄다 실체가 없는 것들이었다. 포털 뉴스에서는 유력한 용의자가 9년 전 외국으로 도주한 상태라 위치 추적이 어렵다는 간단한 내용이 제목만 바꿔 줄줄 이어졌다.

변민희 아빠는 최근에 인터뷰를 했던 모양이다. 소극적인 수사에 불만을 토로하며 관심을 가져달라고 부탁했다. 그 아래에는 두 장의 사진이 나란히 실려 있었는데 왼쪽에는 멀찍이 찍은 옆모습이 담겨 있었고 오른쪽에는 정면을 향해 삿대질하는 얼굴이 부담스러울 정도로 가까이 찍혀 있었다. 아래에 '인터뷰 중인 변 씨'라는 자막이 없었더라면 이 핼쑥하고 자그마한 노인을 변민희 아빠라고는 생각할 수 없었을 것이다. 왠지 서글픈 느낌이 들어서 바로 다음 기사를 열었다.

한 시간 동안 인터넷을 뒤져서 요약해본 상황은 이러했다. 단서가 될 만한 유전자는 남아 있지 않았으나 목격자들의 증언과 당시의 상황을 고려하여 김 모 씨가 용의자로 지목되었다. 경찰은 공개 수배 후에 김 모 씨가 해외로 도피한 것을 확인하고 외교통상부를 통해 여권 무효화를 요청하는 등 적극적으로 추적 중이라고 설명했다. 주변이 시끄러워서 돌아보니 교복 입은 남학생들이 우르르 몰려들고 있었다. 6시 17분, 저녁 장사를 시작할 시간이다. 어차피 지금 출발해도 늦겠다, 저녁 장사는 째버리자. 스스로를 독촉하던 내부 시계가 멈추자 마음이 편안해졌다.

나는 느긋하게 지난 기사들을 읽어나갔다. 변민희 아빠가 적극적으로 수사해달라며 목소리 높인 이유를 이해할 수 있을 것 같았다. 경찰이 말한 증거가 뭘 모르는 내가 봐도 신뢰할 수 없는 것들이었기 때문이다. 김승완이 폭행과 금품 갈취로 소년교도소에서 복역했다는 정보는 왜 그렇게 여러 번 언급하는 것인지. 그게 변민희를 살해한 이유이고 동기라는 듯이 얽어낸 부분에서는 나도 화가 나려고 했다.

가장 최근 기사에서 수사팀장은 중요한 단서라며 변민희를 묶었던 밧줄 매듭을 공개했다. 처음에는 새로운 증거를 찾아낸 줄 알았으나 아니었다. 지난번에 봤던 유골 사진에서 손목 부분만 확대했을 뿐이다. 왜 살인 사건인지를 알려주었던 그 사진. 아래에는 꽤 긴 설명이 붙어 있었다. 이 매듭법은 소년교도소 기술학교에서 가르쳐주는 매듭법으로 해병대에서도 자주 쓰는 특공 매듭법이란다. 설마 이 정도로 김승완을 범인이라고 단정 지은 걸까? 경찰들이 내린 결론에 헛웃음이 나왔다. 이건 너무 흔한 매듭법이잖아. 우리 엄마도 즐겨 쓰는 어부 매듭법. 고작 이런 것을 증거라고 내세우다니, 너무하잖아.

여기에 생각이 도착했을 때, 나는 거의 반사적으로 마우스를 클릭해서 사진을 닫았다. 하지만 모니터에는 밧줄의 잔상이 남아 있었고 그걸 보자 현기증이 났다. 산소가 부족한 듯도 해서 숨을 내쉬지 못하고 연달아 들이마셨다. 세 번째 들숨에 호흡이 엉켰는지 딸꾹질이 났다. 입술을 꽉 깨물었지만 목구멍에서 자꾸만 딸꾹질이 튀어 올랐다. 모니터에 닿아 있던 시선을 거두며 주변을 둘러보았다. 혹시나 누군가가 나를 지켜보고 있을까 봐 겁이 났다. 바로 옆에 게임하는 무리가 보였으나 이쪽에는 아무 관심이 없는 듯했다. 나는 딸꾹질하며 남은 페이지를 모두 닫았다. 방문 기록, 히스토리, 쿠키도 남김없이 찾아 지웠다. 알바생에게 카드를 내미는 동안에는 괜히 고개를 돌리며 딴청을 피웠다. 피시방을 나와서도 딸꾹질은 계속되었다. 가슴을 쳐보기도 하고 숨을 참아보기도 했으나 소용없었다. 평생 딸꾹질해야 하는 형벌이 지금 막 내려진 것만 같았다.

*

　한참을 걷다가 9시가 넘어서 전주분식으로 돌아갔다. 장기를 흔들어 대던 딸꾹질은 의식하지도 못한 사이에 멈춰 있었다. 엄마는 홀에서 마늘을 까다가 고개를 들어 나를 보았다.

　"밥 먹어야지. 왜 이리 늦게 와?"

　"배 안 고파."

　"배고파야 밥을 먹냐? 때 되면 먹는 거지."

　그러고는 일어나서 주방으로 가버렸다. 나는 주방 쪽으로 목을 빼며 물었다.

　"엄마, 뭐 물어봐도 돼?"

　촥, 생선 굽는 소리가 들려왔다. 엄마가 뭔가를 말한 것 같았지만 들리지 않았다. 나는 목소리를 키웠다.

　"경찰이 변민희랑 친했던 애한테 또 연락했대. 엄마한테도 연락할 수 있어."

　뭔가가 떨어지는 소리가 나더니 엄마가 뒤집개를 든 채로 홀 쪽으로 나왔다.

　"경찰이 날 왜 불러?"

　"변민희, 수사 중이잖아."

　"근데 왜 날 부르냐고?"

"가게로 들어가는 걸 본 사람이 있으니까 그렇지."

"걔 아무것도 못 봤어. 오토바이에서 내리지도 않았다고."

"누구 얘길 하는 거야, 엄마?"

김승완이 오토바이를 타고 있었다는 걸 도대체 어떻게 아는 거지? 나는 누구에게도 말한 적이 없는데? 엄마는 당황한 표정으로 서 있다가 주방으로 들어가버렸다. 순식간에 피가 빠져나가면서 머리통이 얼어붙는 듯했다. 눈도 코도 입도 움직이질 않았다. 마늘이 담긴 다라이를 내려다보며 나는 한동안 그 상태로 있었다. 잠시 후, 산소가 필요하다는 경보가 뇌에서 흘러나왔고 그제야 숨을 깊게 들이마셨다. 피시방에서처럼 호흡이 엉켜 딸꾹질이 나올까 봐 신경이 쓰였다. 아직도 갈비뼈 쪽에 통증이 남아 있었다.

얼마나 지났을까. 엄마가 테이블 위에 갈치와 무말랭이, 밥을 올리고는 앞에 앉았다. 나는 간신히 숨은 쉬고 있었으나, 여전히 머리통이 얼어붙은 상태라 수저를 들지 못한 채 엄마를 바라보았다. 엄마는 갈치 눈알을 젓가락으로 뽑아서 입에 넣고 오물거렸다. 어서 입을 열고 하나라도 캐물어야 한다. 김승완이 오토바이를 타고 있었다는 건 어떻게 아는 건데? 그날 변민희를 본 거야? 그다음 변민희는 어디로 갔는데? 엄마가 마지막 목격자라는 사실이 밝혀지면 경찰과 변민희 아빠가 가만두지 않을 것이다. 그런데 엄마가 마지막 목격자인가? 깊은 곳에 가라앉아 있던 파편이 일시에 떠올랐다. 어부 매듭법으로 묶여 있던 밧줄, 등산화에 묻어 있던 흙, 냉동고 안을 들여다보던 실루엣, 변민희가 죽었을 거라던 목소리. 모든 것이 불길하게만 느껴졌다. 한 방향으로 흘러가는 물살에 휩쓸리지 않기 위해 나는 갈치의 눈알이 박혀 있던 시커먼 구멍을 쏘아보며 집중했다. 입 밖으로 목소리가 흘러나왔다.

"엄마가 죽였어?"

누군가가 녹음해둔 내 목소리를 들을 때처럼 거리감이 느껴졌다. 그 거리감과 함께 뭔가가 빠르게 추락하는 기분이 들었다. 그때 엄마가 젓가락을 소리 나게 내렸다. 나는 집중해서 엄마의 입술을 바라보았으나 아무 말도 흘러나오지 않았다. 침묵 속에서 나는 확신했다. 맞구나, 엄마구나. 진짜 엄마가 그랬구나. 놀라움이 내부를 돌아다니는 동안에도, 나는 이성적이기 위해 노력했다. 자수를 권해야 한다. 어떻게 말해야 엄마가 받아들일까? 경찰서부터 가자고 해야 하나? 아니면 나 혼자라도 가서 신고하겠다고 할까? 할 말을 골라내는 중에 기척이 느껴졌다.

고개를 들었더니 엄마가 일어서고 있었다. 꾹 닫힌 엄마의 입술이 이렇게 말하는 듯했다. 질문 금지. 어릴 때부터 나를 훈련시켜온 질문 금지. 엄마가 싫어한다는 것을 깨달았으니 이제 더는 질문해서는 안 된다. 그 사실을 알려주고 엄마는 밖으로 나가버렸다.

엄마가 시야에서 사라지자 힘이 빠져서 상체를 숙였다. 고개를 돌려 테이블에 왼쪽 볼을 댄 채로 눈을 몇 번 깜빡이다 보니 이정연이 생각났다. 그래, 이정연. 이번에야말로 제대로 부탁해보자. 머릿속이 환해지는 듯했으나 금세 어둠이 드리웠다. 엄청난 수임료가 들 텐데? 통장에는 이제 2백만 원밖에 남지 않았다. 대출도 마이너스 통장도 모두 한도에 다다랐다. 더 이상 끌어올 곳이 없었다. 그렇구나. 변호사의 도움을 받을 수도 없고 자수를 할 수도 없구나. 몸에 힘이 빠져나가면서 눈꺼풀을 들기가 버거웠다. 힘을 주며 부릅떠도 이내 스르륵 내려왔다. 간신히 들어 올리면 내려오고 다시 들어 올리면 내려오기를 반복했다.

의식이 돌아왔을 때, 가장 먼저 느껴진 것은 뒷목의 뼈

근함이었다. 눈꺼풀을 몇 번 깜빡이고서야 왼쪽 볼에 닿은 테이블의 감촉이 느껴졌다. 천천히 고개를 돌려 이마를 테이블에 맞댄 후 힘주어 상체를 세웠다. 낮은 신음이 입 밖으로 새어 나왔다. 불편한 자세로 오래 있어서 등에 담이 온 것 같았다. 통증이 가시기를 기다렸다가 시간을 확인해보니 12시가 넘어가고 있었다. 이 상태로 한 시간이나 잠들었던 거구나. 엄마는 아직 들어오지 않은 것 같았다. 핸드폰을 열어 전화를 걸었다. 무척 길게 느껴지는 발신음이 이어진 후 소리샘으로 연결한다는 안내 멘트가 나왔다.

핸드폰을 닫으며 방으로 가려고 일어서는데 머릿속에서 작고 희미한 목소리가 떠올랐다. 아무도 모르게 해야지. 끈덕지게 들러붙어 있던 공포가 일순 물러나는 듯했다. 주문을 걸듯 다시 곱씹어보았다. 아무도 모르게 해야지. 엄마가 한 일을 아무도 모르게 해야 한다. 옮기는 걸음에 힘이 들어갔다. 인상을 찌푸리게 만들었던 등의 통증도 어느새 사라지고 없었다. 목소리는 다짐의 모습으로 바뀌었다. 그날 변민희가 가게로 갔었다는 사실을 아무도 알게 해서는 안 된다. 그러기 위해서는 김승완의 입을 막아야 한다. 하지만 이미 최리사는 알고 있잖아? 질문과 함께 방법이 떠올랐다. 의심하게 만들면 되지, 김승

160

완을 못 믿도록. 다행히 김승완은 유력한 용의자니까 어렵지 않을 거다. 공소시효까지만 버티면 된다. 최악의 상황, 모든 것이 탄로 났을 때는 잡아떼야지. 그건 엄마에게도 알려야겠다, 아무것도 모른다고 하라고. 하지만 증거가 있다면? 그래, 증거.

증거라는 단어를 되뇌었을 때 나는 이미 방에 도착해 있었다. 어두운 방 안을 천천히 둘러보았다. 여기에 뭔가 있다면? 경찰이 와서 찾아내기 전에 내가 먼저 찾아봐야겠다. 손을 뻗어 스위치부터 켰다. 옷장 두 개와 티브이 아래 놓인 서랍장, 작은 화장대가 전부였다. 엄마는 물건을 모아두는 사람이 아니다. 이사를 자주 다녔기에 최소한의 것만 소지하는 습관을 익혔다.

나는 찬찬히 엄마의 물건을 살펴보기 시작했다. 화장대 아래 서랍을 열었더니 통장과 보험증서 등이 나왔다. 바닥에는 운전면허증도 깔려 있었다. 그 뒤로 갱신하지 않았는지 기간 만료일이 2002년 9월 27일로 찍혀 있었다. 엄마가 닭다리를 들고 자랑스러워하던 얼굴이 떠올라서 잘 보이는 곳에 면허증을 넣고는 서랍을 닫았다. 바로 옆 옷장을 열고 시선으로 훑었다. 낡은 옷가지 아래 작은 박스에는 내가 받았던 상장을 모아둔 듯했다. 이렇게나 상을 많이 받았었나? 검지를 넣어 들추자, 그 아래

두툼하게 깔린 전단지가 드러났다. 어림잡아도 몇백 장은 되어 보였다. '보상금 500만 원을 드리겠습니다.' 변민희가 입술을 앙 다문 채로 나를 바라보고 있었다. 찜찜했으나 전단지를 다시 상자 바닥에 넣고 상장을 올렸다.

방 안의 모든 짐을 뒤져보는 데는 한 시간이 걸리지 않았다. 그럼 내 물건들은 모두 버렸다는 걸까? 좁은 방 안을 몇 번이나 시선으로 오르내리다가, 그제야 화장대 옆 벽에 난 작은 나무문이 눈에 들어왔다. 방문 크기의 3분의 2 정도밖에 안 되는 사이즈였는데, 무릎 정도 높이에 떠 있어서 이상한 느낌을 주었다. 처음에는 낯설어서 눈에 띄었는데 익숙해져서 잊고 지냈다. 문을 열려고 했더니 화장대 끝에 걸려서 열리지 않았다. 화장대를 앞으로 빼두고서야 문을 열 수 있었다.

먼저 눈앞에 드러난 것은 시멘트 계단이었다. 다락으로 통하는 계단인 듯했다. 올라갔더니 천장에 달린 전구 아래로 끈이 내려와 있는 게 보였다. 잡아당기자 불이 번쩍 들어왔다. 한 평이 될까 말까 한 작은 공간은 생각보다 깔끔했다. 노끈으로 연결해둔 책무더기, 김장용 비닐에 담긴 옷가지와 박스들이 있었다. 하나하나 들여다보자 모두 내 짐이었다. 역시 증거가 될 만한 것은 보이지 않았다. 나는 마지막 박스를 끌고 와서 계단에 걸터앉왔다. 고등학생 때 듣던 엠피스리플레이어와 충전기, 모토로라 핸드폰과 전자사전 등이 보였다. 하나씩 들춰내자 그 아래 빨간색 mymy가 보였다. 변민희가 미화부장의 서랍에 넣어두었던 mymy. 이어폰이 연결되어 있었고 안에는 듀스 3집 테이프가 들어 있었다. 3집이면 '굴레를 벗어나'가 실려 있겠군. 전원 버튼을 눌렀으나 방전되었는지 작동이 되지 않았다.

방으로 내려가서 콘센트에 충전기를 꽂았더니 빨간 불이 들어왔다. 고장 난 건 아니구나. 이어폰을 귀에 꽂고 플레이 버튼을 눌렀다. 적당한 잡음과 함께 노래가 흘러나왔다. 익숙한 멜로디에 긴장감이 이완되어서 바닥에 머리를 대고 누웠다. 눈꺼풀이 무겁게 내려왔다. 얼마나 지났을까, 치치직 튀는 소리에 정신이 번쩍 들었다. 거의 반사적으로 이어폰을 귀에서 빼내며 상체를 세웠다. 조금 전에 뭐였지? 워낙 오래전 물건이라 과부하나 누전이 되어도 전혀 이상하지 않을 듯했다. 귀에 꽂지 않은 채로 플레이 버튼을 다시 눌러보았다. 치칙, 신경을 거스르는 소리가 조금 더 들린 후에는 이현도의 것도 김성재의 것도 아닌 목소리가 웅웅거리듯 들려왔다. 일시 정지. 잠깐의 호흡 후에 뒤로 감기. 이번에는 이어폰을 귀에 꽂고 플레이 버튼을 눌렀다. 특유의 쳇소리가 섞인 변민희의 목소리가 튀어나왔다.

　―너 나한테 잘못했지? 사과해. 많이 늦었지만 니가 사과하면 받아줄게. 같은 반인데 계속 이렇게 지낼 수는 없잖아, 알았지? 그러니까 사과해.

　귀를 찌르는 치치직 소리 후 노래가 흘러나왔다. 뒤로 감기 후에 플레이.

　―너 나한테 잘못했지? 사과해. 많이 늦었지만 니가 사과하면 받아줄게. 같은 반인데 계속 이렇게 지낼 수는 없잖아, 알았지? 그러니까 사과해.

　다시 뒤로 감기 후에 플레이. 그렇게 변민희의 목소리는 한참 동안 반복되었다.

　깜빡 잠이 들었던 모양이다. 눈꺼풀을 천천히 열고 닫으며 정신이 돌아오기를 기다렸다. 열린 다락문 너머로 시멘트 계단이 눈에 들어왔다. 아, 그랬지. 저 다락에 올라갔다 왔었지. 귀에 꽂은 이어폰을 빼며 봤더니 mymy는 정지 상태였다. mymy와 충전기를 귀퉁이에 몰아두고 다락문을 닫았다. 방에 걸린 벽시계가 8시 10분을 가리키고 있었다. 아침이라는 걸 확인한 후에야 목소리가 입 밖으로 튀어 나갔다.

　"엄마!"

밖에서는 아무런 기척이 없었다. 아침인데도 엄마가 오지 않았다는 사실에 어릴 때처럼 불안이 엄습했다. 실제로 한기가 느껴져 몸을 잔뜩 움츠렸다. 생생한 통증이 등에서부터 전해졌다. 담이 도진 듯했다. 낮게 신음을 흘리며 주방 쪽으로 걸음을 옮겼다. 그러면서도 쥐어짜듯 목소리를 냈다.

"엄마, 엄마!"

한 걸음, 한 걸음이 힘겨웠다. 테이블에 잠깐씩 기대며 멈춰 서야 할 정도였다. 주방에 들어서자 조리대 앞에 선 엄마가 눈에 들어왔다. 엄마는 김밥을 말면서 말했다.

"시끄러. 그만 부르고 콩나물이나 다듬어."

그 목소리를 듣고 났더니, 갑자기 모든 것이 감당할 수 있는 크기로 느껴졌다. 등의 통증도 두려운 질문들도 변민희의 목소리도. 엄마가 있다는 사실 외에는 그 무엇도 중요하지 않았다. 엄마만 있으면 돼. 그래, 엄마만 있으면 다 괜찮은 거야. 스스로에게 가르쳐주듯 나는 고개를 크게 끄덕였다.

*

가장 먼저 할 일은 일상을 유지하는 것이었다. 하루 이

165

틀 아무 일도 없는 듯 지내다 보니, 진짜 아무 일도 없었던 것만 같은 착각이 일었다. 나 자신도 속아 넘어가려던 그때, 최리사에게 전화가 걸려 왔다. 채소 트럭이 오는 날이라 주방으로 무와 배추, 양파 등을 나르던 중이었다. 손이 없어서 받지 못하다가 짐을 모두 옮기고 전화를 걸었다. 대낮부터 술을 마셨는지 최리사의 목소리는 크고 빨랐다.

"너 친한 변호사 있다 그랬지? 함 물어봐줘. 범인이랑 통화하는 것만으로도 죄가 되나?"

"범인?"

"승완 오빠. 신고해야 하는지 아닌지 변호사한테 좀 물어봐줘."

가게냐고 물었더니 그렇단다. 내가 그리로 가겠다고 했더니 최리사는 반가운 목소리로 그래줄래? 진짜 고마워, 하고 여러 번 반복했다. 많이 무서웠던 모양이다. 최리사는 모르겠지, 진짜 고마운 사람은 바로 나라는 사실을.

꽃집네일 유리문을 열자 바닥에 널브러진 와인병들이 눈에 들어왔다. 다른 사람의 흔적은 없었다. 최리사 혼자 저걸 다 마셨겠구나, 생각하며 물었다.

"경찰청에는 잘 다녀온 거야?"

"쫄려서 죽는 줄 알았어. 한정철이 나랑 김승완, 아는 사이라고 찔렀대."

"그래서?"

"연락 끊어졌다고 잡아떼고 왔는데, 승완 오빠한테 딱 전화가 온 거야. 소름 아니냐? 도청되고 이런 건 아니겠지?"

"나한테 전화 잘했어. 변호사한테 물어봤는데 너 큰일 날 뻔했대."

이정연에게는 물어보지 않았지만, 내가 충분히 답해 줄 수 있을 것 같았다.

"니가 솔직하게 말해야 도와줄 수 있어. 통화한 거 싹 말해봐."

최리사는 기억을 곱씹으며 말했다. 두 시간 전에 전화가 와서 받았더니 김승완이었다. 김승완은 변민희 관련 뉴스를 이제야 보고 놀라서 전화했단다. 거짓말 같지는 않았다. 변민희가 진짜 죽은 거냐며 몇 번이나 물었고 자신이 범인으로 몰리는 상황에 대해서 억울해했다. 아니라고 절대 자기가 죽이지 않았다고, 최리사에게 믿어달라고 했다.

"너는 뭐라고 했는데?"

"안 돌아오는 게 좋겠다고는 했는데, 승완 오빠 할머니 한테 경찰이 가고 그랬다나 봐. 할머니랑 엄청 애틋하거든. 나한테 도와달라는데, 니 생각이 나더라고."

그러고는 자연스럽게 손을 뻗어 내 팔뚝을 쓸어내렸다.

"너 변호사랑 친하잖아."

최리사의 손에서 전해지는 보드라운 감촉에 근육이 이완되는 게 느껴졌다. 그랬지, 얘는 이런 걸 잘했지. 나는 어색하게 팔을 빼내며 변호사와 통화하고 오겠다고 했다.

뒷문으로 나온 후에는 조금 걸었다. 짧게 생각을 정리하고 가게로 들어왔더니 10분이 지나 있었다. 그 10분 동안 얼마나 마신 건지, 최리사는 정신을 차리지 못하고 해롱거렸다. 니가 있어서 너무 좋다며 계속 껴안으려고 해서 난처했다. 그럴 때마다 테이블 위의 잔과 병이 불안하게 흔들렸다. 치워두려고 안쪽 창고 문을 열었다. 소파베드가 눈에 들어와서 최리사를 끌고 가 눕히고 비닐봉지와 빗자루를 꺼냈다. 유리병과 잔은 정수기 밑에 나란히 세워두고 쓰레기는 모두 비닐에 담았다. 얼추 정리를 마친 후 예약란에 붙은 메모지를 뜯어 산책하며 정리한 내용을 요약해서 썼다.

> 1. 김승완 전화가 오면 바로 녹음 버튼을 누른다. (녹음 사실은 숨기기)
> 2. 김승완에게 한국에 들어오면 안 되는 상황임을 알려준다.
> 3. 변호사의 도움을 받기 위해 김승완에게 다음을 질문한다. 사건 당일 기억나는 대로 말하라. 그 말을 증명할 증거가 있나? 끝.

깨끗해진 테이블 위에 메모지를 올려두고 조용히 가게를 나왔다.

집으로 돌아와 자려고 누웠더니 최리사에게 전화가 왔다. 어디 갔냐며 외치는 목소리가 아직 술이 덜 깬 듯했다. 엄마를 피해 밖으로 나와 통화를 이었다.

"테이블 위에 메모해둔 거 있거든? 찾았어?"

이동하는지 부스럭거리는 소리가 들린 후에 찾았다는 목소리가 들려왔다.

"변호사가 말해준 거니까 너는 시키는 대로만 하면 돼."

"와, 변호사님 진짜 꼼꼼하시다."

적힌 대로 잘해보겠다는 최리사에게 나는 굳이 말을 붙였다.

"나 아니었음 너 어쩔 뻔했니? 진짜 다행인 줄 알아."

전화를 끊고 고개를 들자 너른 하늘이 눈에 들어왔다. 짙은 남색 바탕 위로 더 짙은 회색의 구름이, 이상할 정도로 빠르게 흘러가고 있었다. 정상적이지 않게 느껴지는 속도감이었다. 홀린 듯이 바라보고 있었더니 꼭 무언가 거대한 것이 몰려오는 듯한 착각이 일었다. 덜컥 겁이 나서 시선을 거두려고 해보았으나, 왜인지 그럴 수가 없었다. 고개를 빳빳하게 쳐든 채로 나는 힘겹게 버텨냈다. 하늘에서 이루어지는 기묘한 이동을 그렇게 한참 동안 바라보았다.

11

최리사에게 메모를 남기고 온 이후로 며칠이 흘렀다.
다락방에서 찾은 mymy는 충전시켜서 몸에 지니고 다녔
다. 바지 주머니에 넣었더니 자꾸만 흘러내려서 작은 크
로스백을 찾아 핸드폰과 함께 넣었다. 짬이 날 때면 이어
폰을 꽂고 사과하면 용서해주겠다는 변민희의 목소리를
들었다. 한쪽 손끝으로는 mymy의 테두리를 매만지면서.
이상하게 중독성이 있어서 듣고 또 들어도 지겹지가 않
았다. 그때 진동이 울렸다. 최리사였다. 김승완과 통화했
다는 말을 듣고는 주방을 향해 외쳤다.

"엄마, 나 나갔다 올게."

꽃집네일에 도착하기까지는 30분이 채 걸리지 않았
다. 문을 열었더니 무슨 향신료인지, 가게 안이 매운 냄
새로 가득했다. 커다란 그릇에 얼굴을 박고 있던 최리사
가 고개를 들었다. 고추기름으로 입 주위가 번들거렸다.

"술이 안 깨. 해장은 무조건 여기 똠양꿍이거든."

또 술을 마셨나 보다. 나는 본론으로 직진했다.

"김승완은?"

"완전 제대로 했지. 승완 오빠 너무 불쌍하드라. 야, 들어봐."

핸드폰 메뉴 버튼을 누르고는 잠금판에 숫자 1을 연달아 네 번 입력했다. 비밀번호가 너무 제대로 보였다. 최리사는 정보 노출에 대해서는 전혀 신경 쓰지 않는 듯했다. 저렇게 물러터져서 어쩌나, 품평하면서 다른 한쪽으로는 1111을 저장해두었다. 비밀번호 1111.

몇 초 후 김승완의 목소리가 들렸다.

—여보세요? 리사야, 듣고 있어?

톤이 높은 데다 호흡을 끊으며 말해서 알아듣기가 어려웠다. 나는 인상을 찌푸리며 집중했다.

—오빠, 한국에 절대 오면 안 돼. 내가 변호사한테 물어봤는데 상황이 안 좋대.

—왜? 나는 아무 짓도 안 했는데?

—그래도 우선은 안 돼. 그리고 오빠 얘기를 들어야 제대로 도와줄 수 있대.

—누구, 변호사가? 그 사람이 왜 나를 도와줘? 나 돈 없어.

—돈? 그러네, 돈은 다시 물어볼게. 그날 상황이 어땠는지 그것부터 말해봐.

했던 말을 왜 또 하라 그러냐, 필요하니까 그렇지, 몇 번의 실랑이가 오고 간 후에 1995년 6월 12일 밤 이야기가 나왔다. 김승완과 변민희는 함께 서울로 도망칠 계획을 세웠다. 변민희가 아빠 때문에 미칠 것 같다며 도망치자고 했기 때문이다. 여기에 최리사가 덧붙였다. 한정철한테 맞은 충격도 컸을 거라고. 둘은 다음 날, 새벽 5시에 변민희 집 앞에서 만났다. 그다음 동선은 아는 대로였다. 학교 다음 형제축산. 김승완은 가게 앞에 오토바이를 세워두고 변민희를 기다렸다. 변민희가 들어간 가게에서 비명이 들려오자 김승완은 아빠에게 걸렸다고 확신하고는 그길로 도망쳤다.

—근데 민희 아빠가 그때 없었다잖아. 오빠 말을 믿으려면 증거 같은 게 있어야지.

—있어, 증거.

양팔에 소름이 쫙 돋아났다. 김승완의 이야기는 계속되고 있었다.

—한창 필카 찍던 때라 사진을 찍었거든. 거기 사람이 있어. 너도 보면 알 거야. 흐리긴 한데, 누가 민희 머리채를 잡아서 끌고 가. 경찰한테 보낼까 말까 고민 중이야.

173

나는 거의 반사적으로 녹음 파일의 멈춤 버튼을 눌렀다. 남은 분량이 꽤 있었다. 최리사가 입을 닦으며 이후에는 별거 없는데 어떻게 알고 잘 끊었다고 해주었다. 그러고는 김승완이 부모님 돌아가신 후에 할머니 밑에서 얼마나 힘들게 자랐는지를 풀어놓기 시작했다. 나는 김승완의 사연을 흘려들으며 증거에 집중했다. 찰칵, 그날 복도에서 나를 찍던 카메라가 형제축산을 찍고 있다. 찰칵, 변민희의 머리채를 잡은 손, 그 손의 주인이 이쪽으로 천천히 고개를 돌린다. 그때 이미지를 몰아내며 최리사의 목소리가 들려왔다.

"내가 생각을 좀 해봤거든?"

나는 진심으로 놀랐다. 얘도 생각이라는 걸 하긴 하는구나.

"승완 오빠가 한 말도 진짜고 민희 아빠가 한 말도 진짜일 수 있어. 민희 아빠가 아니라 가게에 다른 사람이 있었다면, 둘 다 말이 돼. 오빠랑 통화하는데 그 생각이 빡 들더라고."

최리사는 자신만만한 표정으로 말을 이었다.

"장난 아니지? 완전 똑똑하지? 이거 경찰한테 말할까봐."

"안 돼. 김승완 목소리만 들어도 불안해 보이잖아. 위험해. 내가 변호사한테 물어볼 테니까, 그 전까지는 아무 한테도 말하지 마."

"그게, 이미 말을 하긴 했는데."

순간적으로 소리를 내지를 뻔했다. 나는 혀끝을 지그시 깨물었다. 최리사는 예전처럼 눈동자를 한 바퀴 휘돌리고는 계속해서 말했는데 이제는 누구를 따라 하는 것 같지 않고 자연스러웠다.

"경찰청 나오다가 딱 만났거든."

한정철은 다짜고짜 따지더란다. 왜 자신과 변민희를 두고 이상한 소문을 냈느냐고. 오래간만에 만난 선생이 갑자기 자신을 몰아세우니 정신이 하나도 없더란다. 얼마나 당황했으면 손톱을 뜯어서 큐빅이 다 빠졌겠느냐며 손을 들어 보였다. 내가 시선을 손톱으로 옮기는 동안 최리사가 말을 이었다.

"그때 너한테 들었던 거잖아. 그래서 그렇게 말했어."

나도 놀랄 정도로 빠르게 말이 튀어 나갔다.

"아닌데? 내가 그랬다고?"

"어, 니가 그랬잖아. 민희가 한정철 때문에 가출했다며."

최리사의 목소리가 귀를 찌르는 듯했다.

"그랬나? 너무 오래전이라서 기억이 안 나."

"난 기억나. 그걸 듣고선 한정철이 니 번호는 안 묻고 승

175

완 오빠 번호를 묻더라고. 그래서 바로 알려줬지. 혹시 물어보더라도 니 번호는 절대 안 가르쳐줄게. 그게 좋겠지?"

최리사는 무척이나 복잡한 입장을 취하고 있었다. 나를 위하는 척 감싸는 동시에 책임에 대해서는 분명하게 선을 그으며, 아슬아슬하게 균형을 잡았다. 나는 그런 건 아무래도 상관없었다. 상관이 있는 것은 한정철이 여러 정보를 얻게 되었다는 사실이었다. 소문의 출처가 나라는 것을 알게 되었고 김승완의 번호도 알게 되었다. 한정철은 이 정보들로 뭘 하려고 들까? 나를 명예훼손 같은 걸로 고소하려나? 아니면 김승완이 가진 증거에 관심을 보일까? 어느 쪽이라도 위험하다. 내가 먼저 시작해야 한다. 그게 뭐든.

가게를 나와서는 조금 걸었다. 흩뿌려진 조각들을 나름의 방식으로 정리해두어야 했다. 최대한 빨리 한정철을 찾아가야겠다. 가만있다가 당할 수는 없으니까. 최리사가 정상이 아니라고, 걔 말은 믿을 수가 없다고 하면 어떨까? 어떤 가능성의 문이 열리면서 빛이 비치는 듯했으나, 그 문은 곧장 닫혀버렸다. 변민희가 김승완과 함께 있었다는 게 밝혀진 지금, 한정철이 가장 믿지 못하는 사람은 바로 나일 것이다. 소문을 냈다는 것까지 알게 되었으니까. 그렇다면 어떻게 해야 한정철과 김승완의 접촉을 막을 수 있을까?

머릿속을 헤집으며 도착한 곳은 축산시장 입구였다. 일과를 끝내고 엄마와 만나던 약속의 장소. 아치 모양의 간판이 바뀐 게 눈에 들어왔다. 예전에는 지안축산시장 글자 옆에 소와 돼지 얼굴 그림과 바늘 시계가 있었는데, 모두 사라지고 상가 이름만 빽빽하게 채워져 있었다. 상가가 이어진 골목에는 천장 지붕 공사도 새로 해서 분위기가 완전히 바뀌었다. 하지만 묵직한 기름 냄새만은 여전했다. 점포가 다닥다닥 붙은 골목을 걸으며 형제축산이 있던 위치를 가늠해보았다. 여기다. '축산총판'이라고 간판을 바꿨지만 한 단 앞으로 튀어나온 입구 모양 때문에 알아볼 수 있었다. 김승완이 오토바이를 세워둔 위치는 대각선 코너 정도가 될 것이다. 일방통행 도로니까. 나는 김승완이 가지고 있다는 사진을 머릿속으로 그려보며 코너 쪽에 섰다. 구부정하게 무릎을 굽혔더니 출입문이 보였다. 지금은 시트지에 고기 부속 이름을 촘촘하게 적어놓아서 가게 안이 보이지 않지만, 형제축산 때는 저 시트지가 없었다. 유리문 안으로 카운터와 진열대가 훤히 보였을 것이다. 그러니까, 김승완은 보았을 것이다.

*

미리 준비해두는 게 좋을 듯해서 핸드폰 대리점에 가서 신원 추적이 불가능하다는 깡통 번호를 발급받았다. 꼬박 이틀을 인터넷으로 뒤진 결과였다. 다른 사람의 정보를 10만 원 안팎에 구입하여 개통하는 방법으로, 미성년자나 불륜 커플 사이에서 꽤 유행이란다. 몇몇 판매자는 정보원과의 관계를 적어두기도 했는데 나는 고민하다가 손자라고 밝힌 판매자의 할머니 정보를 샀다. 핸드폰 대리점 직원은 미심쩍어하면서도 별말 없이 새 핸드폰을 개통해주었다.

그때까지만 해도 일이 순조롭게 진행될 거라 믿었으나 그뿐, 다른 성과는 없었다. 김승완의 증거라는 사진을 입수할 방법은 묘연했고, 한정철을 만나려니 마땅한 구실이 없었다. 최리사에게 한정철의 번호를 받아두고는 문자를 썼다가 지우고 썼다가 지우기만 반복했다. 그랬기에 금영여중 교복을 입은 아이들 사이에서 그 명찰을 보았을 때는 눈을 뗄 수가 없었다. 한예은. 이름만 같을 수도 있지. 시선을 들어 얼굴을 확인하고서야 바로 그 한예은임을 알아볼 수 있었다. 묘하게 곽부성과 닮았다. 커다란 눈과 가느다란 입술이. 곽부성을 닮은 입술이 말

178

했다.

"언니, 치즈김밥이랑 쫄면이요."

나는 주문표에 체크하고 다른 테이블로 넘어가면서 귀를 열고 집중했다. 시끄러운 목소리 사이로 한예은과 친구의 말소리가 희미하게 들려왔다. 둘은 같은 배드민턴부인 듯했다. 다음 주에 전국 학교 대항 대회가 있어서 오후에는 배드민턴장에서 모의 실전을 한다고. 친구는 한예은에게 3시면 끝나니까 노래방에 가자고 했지만, 한예은은 집에 바로 가겠다고 했다. 엄마가 혼자 있어서 가봐야 한다고. 쟤를 따라가보면 한정철에게 연락할 구실을 찾아낼 수 있을지도 모르겠다. 3시에 배드민턴장에서 집으로. 3시에 배드민턴장에서 집으로. 그것만 되새기느라 주문을 계속 놓쳤다. 단무지를 달라는 테이블에 물을 갖다 놓아서 야유를 받았다.

저녁 장사 준비를 하면서 벽시계에 자꾸만 눈이 갔다. 2시 30분이 되었을 때 엄마에게 볼일을 보고 오겠다 말하고는 분식집을 나왔다.

금영여중 교정은 고요했다. 점심이 지난 오후 시간이라 학교 전체가 낮잠에 빠져 있는 것만 같았다. 배드민턴장 가까이 다가가서야 활기가 느껴졌다. 나는 멀찍이 떨

179

어진 벤치에 앉아서 배드민턴장 입구를 바라보았다. 셔틀콕 치는 소리와 기합 소리가 이어지다가 어느 순간 호루라기 소리를 사인으로 그쳤다. 잠시 후 체육복 입은 아이들이 우르르 나오는 게 보였다. 나도 천천히 일어서서 걸음을 옮겼다.

　몇몇은 본관 건물로 들어갔고 한예은을 포함한 셋은 교문을 나와서 버스 정류장으로 걸었다. 정류장에는 한예은만 남고 나머지 둘은 인사를 하며 가버렸다. 하교 전이라 정류장에는 사람이 없었기에 나는 조금 떨어져서 기다렸다. 곧 325-1번 버스가 와서 섰고 한예은이 타서 나도 따라 탔다. 열네 개 역을 지나친 후 한예은은 하차 벨을 눌렀다. 나는 어색하게 핸드폰을 보는 척하며 따라 내렸다. 한예은은 처음 와보는 허름한 주택가로 들어서고 있었다. 이런 동네가 있었구나, 낯선 동네를 걸으며 눈앞의 한예은을 놓치지 않기 위해 집중했다.

　그때까지만 해도 한정철 집만 확인하고 갈 생각이었다. 뭐라도 정보가 있어야 만날 방법을 궁리해볼 수 있을 테니까. 한예은은 낡은 다가구 주택 입구로 들어갔고 나는 바로 앞 전봇대에 서서 핸드폰을 들여다보며 시간을 벌었다. 2층 오른쪽 집인지 왼쪽 집인지는 확인할 수 없었으나, 계단 올라가는 소리와 문 여는 소리 등은 확실하게 들렸다. 한예은이 집으로 들어간 것을 확인한 후 한 걸음 떨어져서 다가구 주택의 전경을 찍었다. 주소 판이 떨어져 나간 자리에 매직으로 '26-4'라고 써놓은 게 보였다. 주변을 둘러보니 마덕동 26-4번지가 정확한 주소인 듯했다. 내가 원할 때는 언제든 한정철을 찾아올 수 있다는 사실에 주소를 입력하는 손가락에 힘이 들어갔다. 핸드폰을 닫고 돌아서려는데 퍽, 뒤통수로 뭔가가 날아와 꽂혔다. 나는 반사적으로 머리통을 움켜잡으며 돌아보았다. 웬 여자가 씩씩거리며 서 있었고 그 앞에 하늘색 슬리퍼가 떨어져 있었다. 저게 내 머리를 강타했나 보다.

"당신 뭐야! 뭔데 우리 애를 따라오는 거야?"

인터넷으로 볼 때는 몰랐는데, 실제로 보니 한정철의 아내는 무서울 정도로 말라 있었다. 바뀌는 입 모양에 따라 퍼렇게 튀어나온 목의 핏줄이 울컥거렸다. 한정철 아내 뒤로 벌건 얼굴의 한예은도 보였다. 언제 눈치챈 걸까? 버스에서 내릴 때? 집에 들어가기 전? 생각하는 중에도 한정철 아내는 당신 누구냐며 소리를 질렀다. 나는 한정철 아내를 진정시키고 싶었다. 쓰러지기라도 할까 봐 겁이 났다.

"아, 저는 한정철 선생님 제자였는데요."

아무렇게나 둘러댄 대답에 놀랍게도 한정철 아내가 관심을 보였다.

"제자요? 학원이요?"

"금영여중이요, 선생님이 담임이셨어요."

미행의 이유를 추궁당하기 전에 용건을 밝혀두는 게 좋을 듯했다. 나는 선생님께 도움을 많이 받았는데 인사를 제대로 못 드렸다며, 꼭 뵙고 싶다고 했다. 나쁘지 않은 연기였으나 상황은 예상치 못한 방향으로 흘러갔다. 한정철 아내가 내 손을 덥석 잡더니 들어가서 이야기하자며 잡아끌었던 것이다. 갑작스러운 초대에 놀란 나는 그 자리에 얼어붙어버렸다. 다음에 제대로 인사드리러 올게요. 이건 예의가 아닌 것 같아서요. 가까스로 사양하는 목소리를 냈으나 한정철 아내는 물러서지 않았다. 비쩍 마른 사람이 손아귀 힘은 어쩜 그리 강한지 잡힌 팔목이 시큰거렸다.

*

내부는 꽤 넓었다. 한정철 아내는 주방에서 나에게 대접할 것을 챙기고 있었고 한예은은 옷을 갈아입으러 방에 들어갔다. 거실에 혼자 남겨진 나는 꼼꼼하게 주변을 둘러보았다. 먼저는 도로 쪽으로 난 창에 별다른 방범 장치가 없는 것을 눈에 담았다. 혹시나 긴급할 경우, 저 창을 깨고 바로 나가야겠다. 안쪽에 방이 두 개 있는 것 같았고 앉은 자리에서 뒤쪽 싱크대까지 공간은 너른 삼각형 모양이었다. 거의 모든 벽이 짐으로 빼곡했다. 책장과 서랍장 위에는 물건이 쌓여 있었고 그 위에 자잘한 액자들이 놓여 있었다. 한예은의 상장과 사진이 대부분이었다. 나는 인생에서 다른 사람의 집에 초대된 적이 거의 없다. 친척이나 할머니, 할아버지 집에 갔던 기억도 없다. 그래서 이 공간이 매우 특별하게 느껴졌다. 너무 특별해질까 봐 시선을 내려야 할 정도였다.

잠시 후 깎은 사과와 베지밀이 놓인 쟁반을 들고 한정철 아내가 다가왔다. 나는 허리를 세우며 예의를 차렸다.

"학생은 알죠? 우리 애 아빠 인기가 참 많았잖아요. 그런데 퇴직하고선 찾아오는 학생이 하나도 없어. 학생이 처음이에요. 그러니 내가 너무 반가운 거야."

그때 안쪽 방에서 큰 티셔츠에 반바지를 입고 한예은이 나왔다. 통화 중이었는데, 상대가 한정철인 듯했다.

"알았어, 잠시만."

한예은은 스피커폰으로 전환하며 핸드폰을 내렸다. 이동 중인지 주변 소음과 함께 한정철의 목소리가 들렸다.

"너 누구니? 몇 년도 학생이야?"

솔직하게 말해야 할지, 다른 누군가를 연기해야 할지 결정을 내리지 못하는 중에 한정철이 말을 이었다. 연락하고 오지 그랬냐고, 지방이라서 만나지 못할 것 같다고. 소음 때문에 목소리를 키워 말하고 있었는데 그게 꼭 윽박지르는 것만 같아서 위축되었다. 나는 웅얼거리듯 다음에 뵐게요, 라고 말했고 한정철은 화내듯 여보세요, 여보세요를 반복했다. 한예은이 답답했던지 대신 목소리를 냈다.

"다음에 보재, 아빠."

"근데 니가 누구라고?"

대꾸하지 못하고 있었더니 한예은이 손끝으로 어깨를 콕콕 찔렀다.

"저, 95년에 7반 반장이었어요."

"반장이라고? 리사한테 듣고 온 거야?"

"아, 리사가 선생님께 말실수를 한 것 같더라고요."

제대로 수습해보려고 했으나 한정철은 듣기 싫은지 자기 딸을 찾았다.

"예은아, 엄마 옆에 있니? 있으면 바꿔줘."

한예은은 곧장 한정철 아내 쪽으로 핸드폰을 들이밀

었다. 그 순간 실수가 있었다. 스피커폰이라는 사실을 잊었는지 한정철 아내가 자기 귀에 핸드폰을 갖다 대며 말했다.

"저예요, 말씀하세요."

"걔가 그 반장이야. 형사 앞에서 말 흘렸던."

한예은이 눈치를 채고 손을 뻗어 스피커를 껐다. 당황한 한정철 아내는 통화하며 방으로 들어가버렸다. 나는 그 자리에 그대로 있었다. 괜히 곤란해졌다. 누군지 밝히지 말고 가버릴걸. 한정철 아내나 한예은에게라도 변명하는 게 나을까? 이 사람들은 최리사도 모를 텐데, 어디서부터 어떻게? 머릿속이 바빠져서 한예은과 눈이 맞닿고도 의식하지 못했다. 한예은이 뭔가를 떠올리고는 반갑게 외쳤다.

"전주분식! 언니, 전주분식 언니구나, 맞죠? 언니가 아빠 제자였구나. 완전 신기하다."

나의 정보가 노출될 것은 계산하지 못했다. 한정철을 전주분식에서 마주치는 상황은 피하고 싶었다. 더 이상 들키기 전에 일어서는 게 좋겠다.

"선생님 계실 때 다시 올게요. 폐를 끼쳐서 죄송합니다."

한예은은 따라 일어서더니 현관을 막고 섰다. 방 쪽을 살피는 모습이, 엄마의 허락이 떨어지기 전에는 나를 보내주지 않을 듯했다. 우리는 어색하게 서로의 눈을 보며 현관 앞에 서 있었다. 그때 물건 엎어지는 소리와 함께 한정철 아내가 튀어나왔다.

"그쪽이 그랬어요? 그이가 개랑 사귄다고?"

뭔가를 감지한 한예은이 내 왼팔을 잡았다. 나는 이런 식으로 15년 전, 남교사 휴게실의 증언을 취조받게 되리라고는 상상하지 못했다. 한정철이 어디까지 이야기했는지는 모르겠으나 거짓말은 좋은 선택이 아닐 듯했다. 나는 작은 목소리로 답했다.

"그렇긴 한데요, 그때 애들이 전부……."

짝, 눈앞에서 불이 튀었고 오른쪽 뺨이 얼얼했다. 한정철 아내가 내 따귀를 때렸는데 그 속도가 얼마나 빨랐는지 고개가 돌아간 후에도 벌어진 상황을 파악하지 못했다.

"당신 때문에 우리가 얼마나 고생한 줄 알아?"

한정철 아내의 두 눈에 핏발이 오르고 있었다. 예전에는 한정철에게 뺨을 맞았는데 이번에는 아내에게 뺨을 맞는구나. 이 부부는 서로에게도 뺨을 때리나? 한예은도 뺨을 때리나? 이 가족 스타일이 그런가? 이상한 쪽으로 생각이 뻗어나가는 중에 한정철 아내가 딸에게 지시했다.

"예은아, 종이랑 펜 가져와. 당신은 여기 앉고."

나는 고분고분 자리에 다시 앉았다. 몇 초가 채 흐르지도 않아, 한예은은 내 앞에 종이와 펜을 올렸고 한정철 아내가 큰 소리로 말했다.

"그대로 써요, 나는 한정철 선생님이 변민희와 사귀었다는 유언비어를 퍼뜨렸다."

불러주는 대로 받아 적었다. 이제 와서 발뺌해봤자 역효과만 날 듯했다.

"그 아래, 이 문제에 대한 책임을 느끼고 필요시 출석하여 증언하겠음. 이렇게 쓰고요."

한정철 아내는 내뱉은 말을 토씨 하나 틀리지 않고 두 번씩 반복했다. 이런 각서를 한두 번 받아본 솜씨가 아니었다. 문득 그 얼굴 위로 15년 전의 풍경이 떠올랐다. 변민희 아빠 앞에서 무릎 꿇고 사정하던 임신부의 뒷모습. 눈앞에 있는 한정철 아내에게는 과거의 모습이 거의 남아 있지 않은 듯했다. 그 변화가 이 가족이 겪은 고난을 말해주는 것만 같아서 마음 한쪽이 무거워졌다.

"아래에는 민증번호, 이름, 주소, 전화번호 적고 사인하세요."

필요한 것들을 모두 기입하고 나자 한예은이 뺏듯이 종이를 가져갔다. 모녀는 얼굴을 맞대고 적힌 것을 찬찬

히 훑어본 후에야 고개를 들었다. 한정철 아내가 봐준다
는 투로 말했다.

"우리 그이야말로 법 없이도 살 사람이에요. 학생이랑
사귀고 그런 사람이 아니라는 말이에요, 알겠어요?"

나는 비위를 거스르고 싶지 않았기에 반성하는 표정
으로 고개를 끄덕였다.

"당신들 땜에 그이 진짜 힘들었어요. 나는 절대 당신들
용서 안 해요."

한정철 아내가 말하는 '당신들'에 나 말고 누가 포함되
는 것인지 궁금했으나 묻지 않았다. 한예은이 현관문을
열어줄 때까지 나는 미간에 주름을 모은 채 최대한 반성
하는 모습을 보였다. 계단을 내려와 한정철의 집을 벗어
난 후에도 뒤를 돌아보지 않았다.

꽃집네일 문을 열고 들어갔더니 최리사는 손님 손톱
을 다듬고 있었다. 나에게 창고로 가 있으라는 눈짓을 해
서 고개를 끄덕이고는 들어갔다. 잠시 앉아 있었더니 열
이 가라앉으면서 팽창했던 머리가 쪼그라드는 느낌이
났다. 분명 여기 올 때까지만 해도 최리사를 보면 뺨을
갈기려고 했다. 아니면 손톱이라도 뽑아버리던가. 한정
철 아내에게 당했던 수모만큼 돌려줄 생각이었다. 하지

만 그러지 않는 편이 낫겠다. 여전히 최리사는 필요하니까. 한정철에게 대체 어느 선까지 말했기에 그렇게 난리인지 확인해야 했다. 김승완이 한정철의 연락을 받았는지에 대해서도. 무엇부터 물을지 우선순위를 정하는 중에 소파베드에 놓인 최리사의 핸드폰이 눈에 들어왔다. 나는 핸드폰을 집어 들고 메뉴 버튼을 눌렀다. 곧이어 뜬 잠금판에 1111을 입력했다.

최신 통화 내역을 펼치자 00184로 시작하는 번호가 떴다. 번호를 내 핸드폰에 저장하고 문자함을 확인했다. 혹시나 들킬까 봐 문에 달린 창으로 자꾸만 눈길이 갔다. 최리사가 나를 향해 곧 가겠다는 듯, 손가락을 콕콕 찌르는 사인을 보내서 나도 손을 들어 답했다. 다시 문자함으로 시선을 옮겼다. 김승완이 보낸 문자는 없었다. 남자들이 꽤 많은지 대부분 작업을 거는 내용이었고 그걸 부추기는 최리사의 응답이 잇따랐다. 얘도 참 바쁘게 사는구나. 나는 최리사 핸드폰으로 김승완에게 문자를 보냈다. '변호사님이 곧 연락할 거야. 번호 저장해두고 이분과 계속 연락해.' 마지막에는 얼마 전에 발급받은 깡통 번호를 남겼다. 그 후 보낸 문자를 삭제하고 김승완의 번호를 최리사의 핸드폰에서 차단했다.

도움 될 만한 것이 더 있을까 싶어서 사진첩으로 넘어

갔다. 내가 다 민망할 정도로 셀카가 많았다. 사진들을 내리다가 웬 여학생의 증명사진에서 멈췄다. 몇 초 후에야 그 얼굴이 변민희라는 것을 알아보았다. 다음 사진에서는 변민희가 콧구멍에 손가락을 넣은 채 카메라를 바라보고 있었다. 얼굴 근육이 우스꽝스럽게 찌그러져 있었다. 금방이라도 그 얼굴에서 웃음이 터져 나올 것만 같아서 나는 두 눈을 감아버렸다.

12

지난번에 갔던 피시방과 최대한 멀리 떨어진 피시방을 찾아 들어갔다. 괜히 시시티브이가 신경 쓰여서 모자를 푹 눌러썼다.

일러스트가 깔려 있는 자리를 안내받은 후 아이스아메리카노를 사서 쭉 들이켰다. 그 상태로 몸에 카페인이 퍼지길 기다렸다가 일러스트를 열고 이정연의 명함을 꺼내 카피하기 시작했다. 명함 속의 정보 중 전화번호만 깡통 번호로 바꾸고 다른 것은 그대로 넣었다. 얼추 비슷하게 완성된 명함은 온라인 제작 업체에 인쇄 발주를 넣었다. 최소 단위가 백 장이라 어쩔 수 없이 백 장을 주문했다. 베트남 시차를 확인했더니 두 시간 늦은 정도라 잘 시간은 아닌 것 같았다. '안녕하세요, 변호사 이정연입니다. 최리사 님 통해 연락처 받았습니다. 통화 가능하실 때 연락주세요.' 명함 이미지도 추가로 보내놓고는 주변을 둘러보았다. 게임 소리가 거슬려서 야외가 나을 듯했다. 요금을 지불하고 나와서 한적한 골목 쪽으로 걸었다.

김승완에게 전화가 걸려 온 것은 한참이 지난 후였다. 골목을 돌다 다리가 아파서 놀이터 벤치에 앉아 쉬는 중이었다. 핸드폰 너머로 녹음 파일에서 들었던 목소리가 흘러나왔다.

"저, 변호사님 핸드폰인가요?"

"그렇습니다만, 누구시죠?"

"저는, 김승완이라고 하는데요."

"아, 안녕하세요. 최리사 님 통해서 말씀 들었어요."

딱히 신경 쓰지 않았는데도 자연스럽게 이정연의 말투가 나와서 말하는 중에 소름이 돋았다. 상황은 이미 들어서 알고 있다고, 간단한 질문부터 하겠다고 했더니 김승완은 긴장을 풀지 않은 채 그러시라고 했다.

"최근에 한정철 선생님과 통화를 했습니까?"

"네. 사흘 전에 전화가 왔어요. 왜 그러시죠?"

"확인차 필요해서요. 한정철 선생님과는 어떤 정보를 공유하셨죠?"

"그날 민희랑 있었냐고 묻더라고요. 저는 무서워서 아무것도 모른다고 했어요. 계속 거짓말하지 말라고, 다 안다고 그러길래 불쾌해서 전화를 끊어버렸습니다."

나는 진심으로 김승완을 칭찬해주고 싶었고 그렇게 했다. 김승완은 내 칭찬에 긴장이 서서히 풀리는 것 같았다.

"근데 제가 거짓말한 건 맞거든요."

"거짓말이라는 건, 김승완 씨가 당시 변민희 양과 함께 계셨다는 말씀이죠?"

"네, 맞아요. 아침까지만요. 그 후로는 정말 모릅니다."

"저에게는 솔직하게 말씀해주셔야 합니다. 사실입니까?"

"믿어주세요, 저는 걔네 아빠 가게까지만 같이 갔어요."

나는 바로 답하지 않았다. 김승완이 하는 말을 더 들어보고 싶었기 때문이다. 하지만 김승완은 거기서 이야기를 끊고는 다른 이야기를 꺼냈다.

"근데 변호사님, 제가 돈이 별로 없어요. 그런데도 변호사님 도움을 받을 수 있나요?"

"그쪽이 죽였어요?"

거의 자동으로 튀어 나간 말에 나도 놀랐다. 이정연인 줄. 김승완도 놀랐는지 잠깐의 침묵 후에 목소리를 키웠다.

"아니요, 하느님께 맹세코 아닙니다. 저는 누구도 죽이지 않았어요."

"그럼 돈이 안 들겠죠. 당시 상황을 들려주시면 그에 맞춰서 제가 도움을 드리겠습니다."

김승완은 녹음 파일로 들었던 그날의 동선을 반복해서 말했다. 나는 추임새를 넣어가며 듣는 척했다. 김승완의 이야기가 끝난 후, 지금 했던 이야기는 아무에게도 하지 말라고 입단속을 시켰다. 이제부터는 모든 것을 조심해야 한다고.

"여기 상황이 정말 안 좋아요. 시효가 얼마 남지 않았으니, 그때까지 버티셔야 합니다. 저 말고는 누구와도 연락하지 마시고요. 최리사 님과 가족과도 통화하지 마세요."

"리사랑도요?"

"네, 최리사 님께 피해가 갈 수 있어요. 우선은 저하고만 연락하셔야 합니다."

몇 초의 침묵 후에 단단한 답이 돌아왔다.

"네, 알겠습니다."

전화를 끊고 났더니 꽤 쌀쌀해서 일어나 걸었다. 상상했던 것보다 김승완이 더 순진해서 걱정이다. 내가 속일 수 있다면 남도 속일 수 있을 테니까. 이렇게 무른 사람이 중요한 증거를 가지고 있다. 엄마가 찍혀 있을 가능성이 높은 그 사진. 그게 경찰 손에 넘어가기 전에, 변민희 아빠나 한정철 손에 넘어가기 전에, 내가 가져야 한다. 머릿속에 단단히 입력하고 정신을 차렸더니 양팔에 쫙 소름이 돋아났다. 생각조차 이정연의 말투를 따라 하고 있었으니까. 나 자신을 속일 정도의 연기였다. 이런 게 재능인 거구나, 스스로 감탄하며 양팔을 쓸어내렸다.

점심 장사를 끝내놓고 방바닥에 엎드려 인터넷을 하던 중이었다. 포털 뉴스를 죽죽 긁어내리며 눈으로 확인하다가 손가락을 뗐다. 타이틀이 이랬다. '금영산 여중생 사건, 증거 확보.' 다시 손을 뻗어 스크롤을 내리는 짧은 순간, '증거'라는 단어가 점점 커지는 듯한 착시 효과가 났다. 나는 거의 반사적으로 옆에 놓인 크로스백 안에 손을 넣어 mymy를 만졌다. 그래, 이건 아니겠구나. 그렇다면 김승완이 찍었던 사진들이 벌써 걸린 걸까? 기사에는 증거에 대한 언급은 없고 확보된 증거를 토대로 수사에 매진하겠다고만 나와 있었다. 그때, 밖에서 엄마 목소리가 들려왔다. 나는 천천히 일어나서 주방으로 걸음을 옮겼다.

엄마는 국자로 떡볶이 소스를 휘저으면서 핸드폰을 어깨와 귀 사이에 끼우고 있었다. 네, 그런데요? 네. 이상할 정도로 반복해서 대답만 하다가 곧 전화를 끊었다. 그러고는 보글보글 끓고 있는 떡볶이 소스로 돌아갔다. 춘장을 넣어서 그런지 걸쭉한 소스는 피처럼 진했다. 내가 한 걸음 다가가며 물었다.

"누군데 전화를 그렇게 받아?"

"경찰청. 다음 주에 오래."

날카로운 무언가에 베일 때처럼 서늘한 감각이 느껴졌다. 왜 엄마한테 오라고 하지? 출석 전에 변호사 한번 만나볼래? 아니다, 그냥 아무것도 모른다고 하면 되겠다, 하고 어수선하게 내뱉자 엄마가 말했다.

"나는 진짜 아무것도 모르는데?"

농담이라기에는 기묘하고 진담이라기에는 걱정스러웠다. 뭐라고 말해야 할지 알 수가 없어서 나는 엄마가 휘젓고 있는 피 같은 소스를 바라보기만 했다.

경찰이 어떤 증거를 확보하고 있을지 두려워서 꼬박 이틀 잠을 설쳤다. 달력을 확인해보니 공소시효는 한 달이 채 남지 않았다. 엄마는 다음 주 목요일에 출석한다고 했다.

*

하노이로 떠나는 비행기표를 확인하면서 새삼 선배에

게 고마운 마음이 들었다. 중국 출장을 따라가지 않았더라면 여권 만들 생각은 못 했을 테니까. 인천에서 하노이로 가는 왕복 직항을 타면 자정에는 인천으로 돌아올 수 있다. 하노이에서도 여섯 시간이나 쓸 수 있고. 전날 통화로 김승완에게 스케줄을 알렸다. 증거가 될 만한 물건이나 자료는 바로 전해달라고 당부하면서. 김승완은 들뜬 목소리로 공항에 마중 나오겠단다. 자신을 만나러 한국에서 변호사가 와준다는 사실에 기뻐하는 듯했다.

주문했던 명함은 하루 전에 도착했다. 출력 상태가 괜찮아서 한 장을 위해 백 장을 주문했던 게 크게 손해로 느껴지지 않았다. 금색으로 에폭시 처리했던 이정연 명함에 비하면 저렴한 티가 났지만, 후가공 없이도 심플하니 무난했다. 저녁 장사를 마친 후에 캐리어에서 이정연의 프로필 사진과 비슷한 회색 정장을 골라 꺼냈다. 다림질하고 있었더니 엄마가 어디 가냐고 물어서 면접이 있다고 답했다. 엄마는 딸이 면접을 본다는 게 꽤 마음에 들었던 모양이다.

"몸뚱이 아꼈다간 정신이 썩는 법이야. 써준다는 데 있음 바로 들어가."

"내가 뭐 놀아?"

"노는 거지. 돈 못 벌면 다 노는 거야."

그 말에 속으로만 놀랐다. 내려온 이후 하루도 빠짐없이 장사를 돕고 있었으므로 돈을 벌어야 한다는 생각은 딱히 하지 못했다. 엄마는 기다려주고 있었던 거구나. 뒤늦은 깨달음이 몰려왔다. 일이 정리되고 나면 제대로 일자리를 구해봐야겠다. 다짐을 반복하느라 엄마와 나란히 누워서도 좀처럼 잠들지 못했다. 가방에 싸둔 mymy를 꺼내 만지면 좀 나아질 것 같았으나, 그 동작을 하는 동안 미세하게 들러붙은 잠마저 날아가버릴까 봐 이러지도 저러지도 못한 채로 눈만 깜빡였다.

네 시간 37분을 날아서 하노이 공항에 도착했다. 심사대에서 간단한 질의응답 후 여권에 도장을 받고 입국장으로 이동했다. 첫인사말로 뭐가 좋을까 궁리하는 중에 약속한 A2 출구가 보였다. 시계는 1시 21분을 가리키고 있었다. 김승완이 이야기했던 13번 기둥 앞에는 다양한 이름표를 든 픽업 기사들이 늘어서 있었다. 나는 기사들의 얼굴을 하나하나 확인하며 걸었다. 커다란 여행사 이름표를 흔들어대는 여자 옆에, 오른쪽 볼에 커다란 점이 있는 남자가 서 있었다. 손에 든 '이정연 변호사님' 종이를 보고서야 확신했다. 김승완이구나. 내가 기억하는 15년 전의 남자와는 전체적인 느낌이 완전히 바뀌었다.

눈앞의 김승완에게는 그때의 껄렁껄렁하고 위협적인 분위기가 하나도 남아 있지 않았다. 이름표와 볼의 점이 아니었더라면 알아보지 못했을 것이다. 나는 긴장을 완화하기 위해 양손을 비비며 다가갔다.

"김승완 씨 되시나요?"

질문과 함께 명함을 내밀자 두 손으로 공손히 명함을 받았다.

"사진이랑 좀 다르시네요, 못 알아볼 뻔했습니다."

바늘로 콕 미간이 찔리는 듯했다. 사진을 보낸 적이 없는데? 찾아볼 줄도 안다는 거지? 나는 대충 그런가요, 라고 얼버무리며 화제를 바꿨다. 시간이 별로 없으니 빠르게 시작하자고. 주차장에 도착하자 김승완은 택시 운전석에 앉으며 식사는 하셔야 하지 않겠느냐고 말했다. 그러면서 나를 향해 씩 웃어 보이는데 왼쪽 송곳니가 하나 빠져서 시커먼 구멍이 드러났다. 그 구멍이 그간 김승완의 삶을 말해주는 것 같아서 마음이 무거워졌다. 순탄치 않았구나.

나는 긴장을 늦추지 않으며 차 안의 정보를 눈에 담았다. 백미러에는 가족사진이 걸려 있었다. 김승완과 베트남 아내, 여자아이가 얼굴을 맞대며 환하게 웃고 있는 사진이었다. 이곳에서 가정을 꾸렸다는 사실에 왜인지 안도하며 시선을 내렸다. 대시보드 위에는 작은 예수상이 놓여 있고 아랫단에 '하노이 SP교회'라고 새겨져 있었다. 알파벳은 얄쌍한 헬베티카였으나 한글은 두꺼운 궁서체였다. 이질감이 느껴져서 묘하게 불편했다.

10분 정도를 달려서 도착한 곳은 한국어 간판이 즐비한 식당 골목이었다. 나는 배가 고프지 않았고, 혹시나 그렇다고 하더라도 베트남 음식을 먹고 싶었다. 한국에서 바로 온 건데, 당연하지 않겠는가. 공감 능력이 상당히 떨어지는 사람이구나. 속으로만 구시렁거리며 김승완을 따라 허름한 건물 입구로 들어갔다.

지하에는 외관과 다르게 신식으로 번쩍이는 돼지갈빗집이 있었다. 중앙 벽에 돼지머리 조형물을 금색으로 칠해서 걸어둔 게 인상적이었다. 경상도 사투리를 진하게 쓰는 사장님은 김승완을 창이라고 부르며 격 없이 대했다. 별명인지 본명이라고 믿는지는 알 수가 없었다. 둘의 대화를 들으며 나는 최대한 호칭을 주의해서 불러야겠다고 다짐했다. 곧장 테이블에 김치와 양파절임, 샐러드 등의 반찬이 가득 올려졌다. 한국과 다른 점은 열 개가 넘을 것 같은 커다란 라임 조각이 스테인리스 그릇에 담겨 있다는 정도뿐이었다. 시뻘건 숯이 담긴 화로 위에 판이 올라가고 한국에서도 잘 먹지 않던 돼지갈비가 지글지글 익기 시작했다. 그동안에도 김승완은 별다른 말이 없었다. 나도 무슨 말을 꺼내야 할지 곤란했는데 공간 자체가 시끄럽고 정보량이 많아서 그런 듯했다. 적당한 장소로 옮겨서 본론을 꺼내야겠다고 생각하는 중에 김승완이 고기를 뒤집으며 여행지 몇 곳을 추천했다.

"한국서 오신 분들은 왕궁을 참 좋아라하세요. 사원도 좋고 성당도 있으니까 생각 있으시면 바래다드릴게요."

"제가 시간이 별로 없어요. 7시 30분 비행기거든요."

"그래도 이왕 오셨으니까, 오신 김에 보면 좋죠."

도돌이표 같은 김승완의 화법에 약간의 어지럼증이 느껴졌다. 정신을 단단히 차리지 않으면 낯선 곳에서 길을 잃을 수도 있겠다는 내부 경보가 울렸다. 고기는 세 점 정도를 먹고 났더니 더 이상 넘어가지 않았다. 비행기에서 먹은 볶음국수가 명치에 걸린 기분이었다. 김승완이 남은 음식을 모두 먹은 후에야 우리는 자리에서 일어설 수 있었다.

택시에 타며 나는 조용한 곳으로 가자고 했고 김승완은 알겠다고 했다. 그리고 도착한 곳이 호안끼엠 호수 입구였다. 주변에 웨딩 촬영 무리가 지나가서 시끄러웠다.

한국에서 온 사람을 관광시켜주지 않으면 큰일 나는 병에라도 걸린 모양이다. 우리는 한적한 장소를 찾으며 공원을 조금 걸었다. 호수 넘어 빨간 다리 위를 아오자이 입은 여학생들이 건너고 있었다. 풍경이 아름다워서 멀어지는 무리 쪽으로 시선이 맺혔다.

"저기로 가면 응옥선 사당이 나와요. 보시겠어요?"

김승완의 제안에 나는 고개를 가로저었다. 주위를 둘러보니 근처에 사람이 없었다. 내가 바로 앞 벤치로 걸음을 옮기자 김승완도 따라와 앉았다. 핸드폰 시계가 3시 8분을 알리고 있었다. 슬슬 본론으로 들어가는 게 좋겠다. 나는 가방에서 메모지와 파일북을 꺼냈다.

"시작해도 될까요?"

"지금요?"

"네, 간단한 질문부터 드릴게요. 언제든 김승완 씨도 질문하시면 됩니다."

그러고는 곧장 한정철에 관해 물었다. 이후에 연락이 왔었는지 마음에 걸렸기 때문이다. 김승완은 내가 부탁한 대로 한국 번호는 그 어떤 것도 받지 않았다고 했다. 나는 이정연이 그랬던 것처럼 꼼꼼하게 메모하며 덧붙여 질문했다.

"혹시 변민희 양 아버님과도 통화한 적이 있습니까?"

"아니요, 한 번도 없어요."

"가지고 계신 사진이 있다고 들었어요, 그렇죠?"

김승완은 여러 번 말씀하셔서 챙겨 왔다며 점퍼 안주머니에서 필름과 사진 몇 장을 꺼냈다. 나는 사진을 받아 천천히 넘겨 보았다. 불필요해 보이는 몇 장을 넘기자 '95. 6. 13.' 실종 당일 날짜가 눈에 들어왔다. 금영여중 교정 사진, 변민희가 화단을 밟을 듯 다리를 들고 웃는 사진 등이 지나간 후에 복도에서 찍은 사진이 나왔다. 왼쪽은 플래시 불빛으로 허옇게 날아갔는데 경계에 교복 입은 사람의 실루엣이 걸쳐져 있었다. 나라는 것을 단번에 알아보았다. 피식 웃음이 나왔다. 이걸 두고 그렇게 마음 졸였구나. 그 누구도, 사진을 찍은 김승완조차도 이 빛덩어리가 나라고는 생각하지 못할 것이다.

사진을 슥슥 넘기다가 익숙한 풍경에서 정지했다. 형제축산의 외관이 찍혀 있었다. 내부는 입자가 거친 어둠뿐이었으나, 교복 치마 아래로 드러난 허연 다리는 확인이 가능했다. 변민희의 다리인 것 같았다. 기울어진 각도로 보아 앞사람에게 상체를 잡힌 듯했다. 조리개 조작을 잘못했는지 꽤 어두워서 정확한 상황은 파악이 어려웠다. 나는 무심한 척 사진을 넘기며 말했다.

"한국은 분위기가 정말 안 좋습니다. 무죄 입증도 시효가 끝난 후로 미루는 게 좋을 것 같아요."

거짓말이었다. 국외로 도주한 경우 시효는 정지된다. 다시 말해 베트남에 있으면 영원히 도망자 신세라는 거다. 하지만 다른 이유를 찾아낼 수 없어서 시효 평계를 댔다. 김승완과 통화할 때 시효 정지까지만 버티라고 말했던 건, 법을 모르고 한 소리였다. 하지만 인제 와서 번복했다가는 신뢰를 떨어뜨릴 것이므로 했던 말을 반복할 수밖에 없었다.

"이 사진들은 제가 한국에 가지고 가서 확인해봐야 할 것 같습니다. 괜찮겠습니까?"

"그래주시면 저야 감사하죠. 잘 좀 부탁드립니다, 변호사님."

쉽게 승낙하는 이유는 원본이 따로 있어서가 아닐까?

"이 사진이 전부인가요? 카피나 뭐, 다른 건 없고요?"

김승완은 질문으로 대답을 대신했다.

"카피를 해둬야 하나요?"

"아, 아닙니다. 제가 잘 확인해드리겠습니다. 그런데 한정철 씨가 연락했다는 게 아무래도 걸리네요. 핸드폰 바꾸고 6월 중순까지는 최대한 숨어 계시는 게 좋겠어요. 주신 증거가 무죄를 증명해줄지, 아직은 묘연하니까요."

신기하게도 말을 내뱉을수록 당당해지는 기분이 들었다. 이정연을 흉내 낸 딱딱 끊어지는 목소리는 내 것처럼 자연스러웠다. 나는 다음 질문으로 넘어갔다.

"그런데 가게 안에 변민희 양 아버지가 계셨다고 말씀하셨죠?"

"비명이 들려서 당연히 걔 아빠한테 걸렸다고 생각했어요."

이어서 김승완은 그 전주 이야기를 했다. 변민희 집 앞에서 키스하다가 걔 아빠한테 걸려서 죽을 정도로 맞았던 터라 비명을 듣고는 자연스럽게 걔 아빠를 떠올렸다고. 고개를 짧게 가로젓고는 대뜸 이렇게 덧붙였다.

"근데 나라도 그랬을 겁니다. 안 죽인 게 용하죠."

나는 김승완의 반성을 들으며 백미러의 가족사진을 떠올렸다. 딸을 낳고는 공감대가 생기고 그랬나 보다. 웃기고 있어.

"변민희 양 아버지가 그때 지방에 있었다는 건 들으셨죠? 그럼 누구일까요?"

"그걸 전혀 모르겠어요. 보시면 머리채를 잡힌 거 같은데, 누굴까요?"

사진을 들여다보며 한결 마음이 놓였다. 누구인지 전혀 모른다는 거지?

"이 사람의 신원이 밝혀질 때까지 가게에 갔다는 정보는 숨기는 게 좋겠습니다. 그 누구에게도요. 김승완 씨에게 상당히 불리할 수 있어요."

"어쩌죠? 리사한테는 이미 말했는데요?"

"괜찮습니다. 최리사 님께는 제가 주의하라고 부탁드리겠습니다. 이후 상황은 어땠죠?"

"저는 민희를 조금 기다리다가 바로 서울로 갔어요. 민희가 실종됐다는 얘기는 한참 후에나 들었고요. 당시 신세를 지던 형이 사고를 쳐서 저도 같이 숨어 있어야 했거든요. 그렇게 죄 꼬여버렸어요. 형은 빵에 가고 저는 숨어 다니고."

여유가 생긴 나는 김승완의 이야기에 간단하게 반응하며 주변을 구경했다. 호수 물이 탁해서 안에 물고기가 있는지 거북이가 있는지는 보이지 않았다. 다행히 김승완이 자신의 인생사를 멈추고 나의 비행기 시간을 확인해주었다. 내가 7시 30분이니 시간이 있다고 하자 지금 움직여야 급하지 않게 탈 거라고 했다.

주차장에 세워둔 택시에 다다랐을 때, 내가 보조석에 앉는 동안 김승완은 트렁크 쪽으로 걸어갔다. 돌발행동에 순간적으로 긴장했다. 왜 저러지? 흉기 같은 걸로 공격하려나? 운전석으로 돌아오는 김승완의 손을 유심히 살폈다. 낡아 보이는 까만 비닐봉지가 들려 있었다. 당일 민희가 오토바이에 뒀던 건데 부피가 큰 것은 버리고 이 것만 남았다고. 김승완은 비닐봉지를 건네준 후 그 위에 봉투를 올렸다.

"질문만 해도 변호사님께는 돈을 드린다면서요. 잘 부탁드립니다."

나는 짧게 고민하다가 고개를 끄덕였다. 김승완은 송 곳니 자리가 시커멓게 드러나도록 웃어 보이고는 시동 을 걸었다. 돈을 받는 것은 찜찜했지만 어쩔 수 없었다. 괜한 오해를 사고 싶지 않았다. 나는 봉투를 가방에 챙겨 넣고는 손가락 끝을 세워 비닐봉지 손잡이를 잡았다. 그 모습을 대시보드 위의 예수상이 지그시 내려다보고 있 었다.

게이트로 들어가기 전에 김승완은 거듭 잘 부탁드린 다며 머리를 조아렸다. 모든 증거가 이미 내 손에 들어왔 기 때문일까? 굽실거리는 태도가 견딜 수 없이 짜증 났 다. 그래서 쏘아붙이듯 잘 숨어 계세요, 말하고는 헤어 졌다.

검색대로 가기 전에 화장실에 들렀다. 비닐봉지를 확 인해봐야 할 것 같았다. 김승완 말과 달리 폭탄이나 발화

207

물질이 들었을 수도 있으니까. 세면대 옆 공간에 비닐봉지를 펼치자 바로 보인 건 꽃무늬 원피스였다. 그 아래에는 15년 전에나 유행했을 법한 수영복과 파우치, 속옷 등이 들어 있었다. 변민희가 이렇게 컸나? 나는 꽤 큰 브래지어 컵에 손바닥을 갖다 댔다. 잠시 그러고 있었더니 죽은 아이의 브래지어라는 자각이 들었고 목덜미 쪽에서 저릿한 느낌이 들었다. 브래지어를 비닐봉지에 던지듯이 넣고는 봉투를 집어 들었다. 빳빳한 만 원권 50장이 들어 있었다. 김승완의 구멍 난 송곳니가 떠오르면서 기분이 나빠졌다. 이나 해 넣지, 뭘 줘. 봉투는 쓰레기통에 버리고 현금만 빼서 지갑에 넣었다.

13

전주분식에 도착했을 때는 새벽 2시가 넘어가고 있었
다. 몹시 허기가 졌다. 그러고 보니 비행기에서 먹은 볶
음국수와 김승완이 구워준 돼지갈비 세 점이 하루 식사
의 전부였다. 돌아오는 비행기에서는 속이 니글거려서
아무것도 먹지 못했다. 홀린 듯이 주방으로 들어갔다. 어
두워서 불을 켰다. 조리대 위에 놓인 김밥이 보여서 집어
들었다. 썰지 않아서 길쭉한 핫도그 같은 김밥을 앙 베어
물고 오물오물 씹었다.

그 자리에 선 채로, 왼손으로 김밥을 잡고 오른손으로
는 김승완에게 받아 온 사진을 도마 옆에 펼쳤다. 15년
전의 금영여중과 도로, 어렴풋이 기억나는 슈퍼 앞의 진
돗개, 형제축산으로 들어가며 포즈 취하는 변민희, 형제
축산 입구 사진. 한 장씩을 나란히 펼치고는 형제축산 입
구 사진을 집어 들어 형광등 불에 비춰 보았다. 어둡게

나온 유리문 안쪽에서 뭐라도 흔적을 발견하고 싶었으나 역시 아무것도 보이지 않았다. 필름을 맡길 필요도 없을 것 같다. 다행이다. 그래, 다행인 거다. 나는 크게 입을 벌리며 김밥을 베어 물었다. 그때 이상한 기운이 느껴졌다. 고개를 들었더니 엄마가 홀에 서서 나를 보고 있었다.

"뭐 하냐?"

질문과 함께 주방으로 들어왔으므로 나는 대답도 하지 못한 채, 펼쳐두었던 사진을 정장 주머니에 구겨 넣었다. 시계를 확인한 엄마가 다시 물었다.

"아직 밥도 안 먹고 뭐 한 거야? 제대로 앉아서 먹어."

엄마는 물을 끓이기 시작했고 나는 홀 쪽으로 나왔다. 얼마나 정신이 없었던지, 왼손에는 김밥을 꼭 쥔 채였다. 곧 라면 냄새가 진동했다. 김밥을 먹어서 허기가 가신 줄 알았는데 아니었다. 엄마가 내 앞에 냄비째로 라면을 올려주자 어서 먹으라고 오장육부가 난리를 쳐댔다. 나는 열심히 입으로 라면을 퍼다 날랐다. 그동안 주방에서는 뭔가를 굽는지 지글지글 소리가 났다. 라면을 거의 다 먹어갈 때쯤, 엄마가 내 앞에 김밥전을 올렸다. 김밥에 달걀을 풀어 전처럼 구워낸 김밥전. 라면을 욱여넣은 입에 다시 침이 고였다. 엄마는 빈 라면 그릇을 보며 물었다.

"하나 더 끓여줘?"

"무슨, 배 거의 찼어."

"먹고 나면 그냥 두고 자."

방으로 가려고 몸을 돌리는 그 순간, 내 목소리가 엄마를 잡았다.

"엄마."

엄마가 뒤돌아서자 나는 젓가락을 내렸다.

"이 사진 좀 봐줘."

주머니에 아무렇게나 넣었던 사진들을 꺼내 테이블 위에 펼쳤다. 그중 형제축산 유리문 너머로 변민희 다리가 보이는 사진을 골라 앞에 올렸다. 엄마는 이게 무슨 짓거리냐는 표정으로 나와 사진을 번갈아 보았다. 엄마가 가버릴까 봐 용기 내어 팔을 잡아당겼다.

"변민희 사라진 날 찍은 사진이래. 좀 앉아서 제대로 봐봐."

엄마는 의자에 주저앉듯 털썩 앉았고 나는 그 앞으로 사진을 밀어주었다.

"근데 하나도 안 보여. 누군지."

엄마의 두 눈이 집중해서 사진 위를 훑고 있었다. 미간에 약한 주름이 생겼다가 사라지는 것을 나는 놓치지 않고 보았다.

"상체가 쏠려서 다리로 버티고 있잖아, 보이지?"

그때, 엄마가 아주 옅게 코웃음을 쳤다. 왜 비웃는 건가. 변민희가 다리로 버틴다는 게 웃을 일인가? 나는 엄마가 뭐라도 말해주기를 바랐다. 아주 간단한 거라도. 하지만 엄마가 보인 반응은 그것뿐이었다. 옅은 코웃음. 나는 이상하게 절박한 마음으로 계속해서 말했다.

"밖에서 기다리던 사람이 이걸 찍었는데 변민희가……."

내 말이 채 끝나지도 않았는데 엄마는 일어서서 방으로 들어가버렸다. 자기와는 아무 상관 없는 사진에 딸이 부탁해서 잠시 집중해줬다는 투로. 나는 눈으로 엄마를 따르며 뒷말을 마무리했다.

"변민희가 소리를 지르더래."

내 목소리가 더 이상 엄마를 붙잡지 못했음에도 닫힌 방문을 향해 매달리듯 말했다.

"내가 다 받아 왔어. 태울 거니까 신경 쓰지 말라고. 다 없는 거야, 이제."

혼자 남아 식사를 마친 후에는 변민희의 비닐봉지를 열었다. 안에 있던 물건들을 테이블 위에 하나씩 올리며 자세히 보았다. 습한 곳에 보관했던지 곳곳에 좀이 먹었고 쿰쿰한 냄새도 났다. 원피스와 속옷, 수영복, 파우치 등이 있었는데 모두 한 번도 사용하지 않은 것 같았다. 파우치 안에는 싸구려 귀걸이 세트 두 개와 중학생 때 쓰던 회수권과 브로치, 명찰 등이 들어 있었다. 노란색 아크릴판에 까맣게 '변민희'가 각인된 명찰을 들여다보는 동안 문장 하나가 나를 향해 돌진했다. 변민희가 죽었다. 엄중한 그 진실이 머리뼈를 뚫고 들어와 내부에 가득 차는 기분이 들었다. 누군가의 죽음이 이렇게 확실하게 인식된 것은 처음이었다. 변민희가 죽었구나. 그렇구나, 죽은 거구나. 그건 더 이상 변민희가 이 세상에 존재하지 않는다는 뜻이다. 앞으로 영원히 웃거나 하품할 수 없다는 뜻이다. 그렇게 생각하자 갑작스럽게 딸꾹질이 났다. 앞에 놓인 물을 한 호흡에 마셔보기도 하고 혀뿌리로 목구멍을 막은 채 숨을 참아보기도 했다. 하지만 사라졌나, 싶을 즈음이면 어김없이 딸꾹질이 튀어나왔다. 들숨과 날숨이 엉켜서 제대로 숨을 쉬기가 어려웠다.

우스꽝스럽게 몸을 들썩이며 나는 두려워하고 있었다. 변민희가 죽었다는 사실이 감당해야 하는 무게로 온전하게 전해졌기 때문이다. 딸꾹. 그 무게가 평생 나를 따라다닐 거라는 사실을 나는 본능적으로 깨닫고 있었다. 펼친 물건들을 한꺼번에 모아 비닐봉지 안에 집어넣었다. 딸꾹. 김승완에게 받아 온 사진과 필름도 넣었다.

하노이 왕복 비행기표와 심심해서 읽었던 관광 안내 지도, 기내에서 받은 땅콩도 넣었다. 딸꾹. 나의 오늘 동선을 알려줄 만한 것들은 모두 비닐봉지 안에 넣었다. 그래도 자리가 남아서 조금 들여다보다가 99장 남은 이정연 명함도 넣었다. 딸꾹. 아, 그것도 챙겨야지. 나는 방으로 들어갔다. 딸꾹질 때문에 신경 쓰였으나 엄마는 내가 옷장 문을 열고 박스를 꺼내는 동안 별말을 하지 않았다. 홀 쪽으로 나와서는 비닐봉지에 전단지 뭉텅이를 욱여넣었다. 딸꾹. 거기에 라이터와 신문지까지 챙겨 넣고는 손잡이를 들었다. 해가 뜨려면 두 시간 정도 남았다. 딸꾹. 나는 밖으로 나와 인적이 없는 곳을 찾아서 걸음을 옮겼다.

금영산 입구에 다다라 호흡을 골랐다. 갈비뼈를 압박하던 딸꾹질이 멈춰서 숨쉬기가 한결 나았다. 아파트 공사가 중단되면서 이 일대가 폐허로 바뀌었다. 하늘을 올려다보았더니 옅은 구름이 달을 지저분하게 가렸다가 드러내며 기분 나쁘게 굴고 있었다. 가로등이 없어서 어두웠기 때문에 핸드폰 플래시를 켜고 이곳저곳을 비추며 걸었다. 입구를 조금 지나자 바리케이드가 눈에 들어왔다. '출입 금지'라고 적힌 띠가 나무와 바리케이드 사이를 이어주고 있었다. 나는 높이가 만만한 위치를 찾아 상체를 숙이며 안으로 들어갔다.

곳곳에는 바닥을 뒤집다 만 공사 흔적이 남아 있었다. 주변이 어두워서 변민희가 발견된 장소가 어디인지는 찾기 어려울 것 같았다. 무섭기도 했고. 몇 걸음을 걷다 보니 드럼통 정도 넓이로 땅이 옴폭 파여 있었고 그 안에는 과자봉지와 캔 등의 쓰레기가 쌓여 있었다. 주변에 남은 시커먼 그을음이 적당한 장소임을 알려주는 듯했다. 그 속에 비닐봉지를 던져 넣고 신문지에 불을 붙였다. 그러고는 곧장 비닐봉지 안으로 쑤셔 넣었다. 고무 타이어 타는 냄새와 함께 비닐은 뒤틀리며 쪼그라들었다. 불씨는 전단지와 물건들로 옮겨가며 금세 몸집을 키웠다. 불어오는 연기 때문에 몇 걸음 뒤로 물러나야 할 정도였다.

뭔가 덜그럭거려서 주머니에 손을 넣었더니 mymy가 만져졌다. 꺼내서는 불 속으로 던져버렸다. 그 자극에, 불길이 허리 정도 높이로 솟아올랐다. 혹시 불빛을 보고 누가 신고를 할까 봐 덜컥 겁이 났다. 꺼야 하나, 말아야 하나 마음 졸이면서도 타오르는 불을 바라보기만 했다. 춤추는 듯 일렁이는 불에서 눈을 뗄 수가 없었다. 내가 시선을 옮기면 불에게 먹혀버릴 것만 같았다. 그동안 속에서는 변민희의 목소리가 울려 퍼졌다.

─너 나한테 잘못했지? 사과해. 많이 늦었지만 니가 사과하면 받아줄게. 같은 반인데 계속 이렇게 지낼 수는 없잖아, 알았지? 그러니까 사과해.

쳇소리가 섞인 목소리를 들으며 과하다 싶을 정도로 빠르게 모습을 바꾸는 불길을 바라보고 있었더니 점점 아득한 기분이 들었다. 온통 흐릿한 중에도 의식 너머로 어떤 에너지가 느껴졌다. 그 에너지는 나의 내부로 서서히 파고들어 무언가를 태우기 시작했다. 무엇이 타고 있는지 파악하지 못한 채 나는 텅 빈 시선을 불 속으로 던지고만 있었다. 얼마나 지났을까, 한참 동안 신나게 솟아오르던 붉은 덩어리가 서서히 부피를 줄이기 시작했다. 비닐봉지를 주먹 정도 크기의 시커먼 덩어리로 만든 후에는 발작을 일으키듯 푸드덕거렸다. 조금은 더 타오를 것 같았으나, 강한 바람이 불어오자 갑작스럽게 자취를 감췄다. 그와 동시에 영원히 울려 퍼질 것 같던 변민희의 목소리도 사라졌다. 바람에 재와 먼지가 일제히 날아올라서 눈이 매캐했다. 나는 눈을 꾹 감았다가 떴다. 깊은 잠에서 막 깨어난 듯했다. 고개를 세차게 몇 번 흔든 후 내려다보니, 비닐봉지였던 시커먼 덩어리가 여전히 남아 있었다. 내가 발로 밟자 맥없이 바스러졌다.

금영산을 내려오며 조금 전에 태워 없애버린 것들을

떠올려보았다. 김승완의 사진과 필름, 미화부장의 mymy, 변민희의 가출 물건, 하노이 비행 기록, 전단지와 명함. 그리고 뭔가가 더 있었는데, 뭐였지? 기억나지 않는 중요한 무엇이 시뻘건 불길 속에서 탔다. 그게 뭐였지? 분명 내 일부였는데 무엇이었는지 도무지 떠오르지 않았다.

*

엄마가 출석하는 날, 나는 경찰청 앞 카페에서 기다리기로 했다. 가만있으려고 해도 다리가 달달 떨려서 이정연에게 전화를 걸었다. 증거 확보라는 기사가 뜬 이후에 엄마에게 출석 명령이 내려졌다고 설명했더니 이정연은 대수롭지 않다는 듯 답했다.

"흔히들 시효 만료 전에 그렇게 발악을 하죠."

범인을 자극하려고 허위 기사를 내는 경우도 종종 있으니 걱정할 것 없다고 덧붙이면서. 어머니가 결백하시다면 참고인 조사만 하고 바로 나오실 거라고도 했다. 그제야 마음이 놓인 나는 감사하다고 인사한 후에 전화를 끊으려고 했다. 약간의 침묵 후에 톤이 미묘하게 바뀐 이정연의 목소리가 들려왔다.

"혹시 김승완이라는 사람 아세요?"

"아니요. 왜 그러시죠?"

어색하다 싶을 정도로 빠르게 대답이 튀어 나갔다. 김승완이 이정연 사무실로 전화를 했던 모양이다. 받지는 못했으나 메모가 남아 있었다고. 변민희 친구라고 소개한 덕분에 나를 떠올렸단다.

"명함을 잃어버려서 사무실로 전화했다고 하더라고요. 저랑 만난 적도 있다는데, 뭔가 오해하는 것 같던데요?"

나를 보고 사진이랑 다르다고 했던 김승완의 목소리가 떠올랐다. 통화 중인데도 미소를 유지하며 입을 열었다.

"아, 그 사람이 그 사람인가 봐요. 그날 변민희가 같이 있었다는 남자가 변호사님 찾는다길래 제가 연락처를 드렸거든요. 만나고 싶다 뭐, 그런 말을 잘못했나 봐요."

이정연은 뭔가 석연치 않다고 느끼는 듯했으나 미팅이 있다면서 전화를 끊었다. 김승완이 명함을 잃어버렸다는 거지? 더 이상 이정연에게 연락하지 못하도록 막아야겠는데 어쩐다? 머릿속으로 바삐 방법을 찾는 중에 누군가 앞에 와서 앉았다. 고개를 들었더니 엄마였다.

"너는 여태 이러고 있었던 거야?"

무슨 말인가 싶어 둘러보니 테이블 위가 휑했다. 정신이 없어서 주문을 잊었다. 내가 일어서며 뭐라도 시키겠다고 했더니 엄마가 눈을 가늘게 뜨며 그냥 가, 라는 사인을 보냈다. 카페를 나오며 경찰청에서는 괜찮았냐고 물었다. 엄마는 무구한 얼굴로 답했다.

"괜찮지, 그럼. 잘못한 게 없는데."

공소시효가 만료되었다. 변민희의 죽음에 대해 공소권을 행사할 수 없다는 말이다. 그날 밤, 나는 홀로 금영여중과 축산시장을 걸으며 자축했다. 부스러기같이 남은 것들이 있긴 했다. 최리사에게 듣기로 한정철이 변민희 아빠를 상대로 소송을 걸었단다. 증인으로 출두하라는 연락이 오면 응하면 그뿐, 당장은 크게 신경 쓸 일이 아니었다. 정작 신경 쓰이는 사람은 김승완이었다. 이정연에게 다시 전화를 걸거나 시효가 끝났으니 입국해버릴까 봐 걱정이었다. 그러지 못하도록 손을 써두어야겠다. 시효의 정지와 효력에 대한 관련 법은 1995년에 신설되었다. 인제 와서 법이 바뀌었다고 할 수도 없어서 이유가 궁색했다. 고민 끝에 내가 놓쳤다고, 깜빡했다고 시인하기로 결심했다. 그렇게 용기 내 전화를 걸었으나 김승완은 받지 않았다. 그다음 날도 마찬가지. 김승완에게 닿을 다른 방법이 필요했다.

택시회사가 가장 확실하겠으나, 번호나 이름이 기억

나지 않았다. 돼지갈빗집은? 역시 상호가 기억나지 않았다. 하노이 공항 근처 돼지갈빗집이라고 검색했더니 블로그와 여행 카페의 다양한 이미지가 떴다. 그중 돼지머리 조형물이 금색으로 번쩍거리는 사진 한 장이 눈에 들어왔다. 여기다. 블로거는 친절하게도 주소와 전화번호를 사진 아래 적어두었다. 나는 전화를 걸어 경상도 사투리를 쓰는 사장님에게 창과 갔던 친구인데 창의 연락처를 알 수 있느냐고 물었다. 사장님은 창이 가게에 오지 않은 지 꽤 되었다고, 자기도 모르겠다고 퉁명스럽게 답하고는 전화를 끊어버렸다. 괜히 기분이 나빠진 나는 한 호흡을 내쉰 후에 다시 하노이의 풍경에 집중했다.

　김승완이 웃을 때 보이던 시커먼 송곳니 자리, 가족사진 등이 빠르게 지나가다가 대시보드 위에 있던 예수상에서 정지했다. 그 상태로 천천히 시선을 내려 예수상 아랫단에 적힌 하노이 SP교회를 바라보았다. 헬베티카와 궁서체가 나란히 붙어 이질감이 느껴졌다. 검색창을 다시 열고 단어를 넣었다. 게시물 중 하노이 거주자라고 밝힌 사람의 글이 눈에 들어왔다. 하노이 SP교회는 한인 사이에서 외국인등록증을 불법으로 만들어주며 세를 확장하는 사이비인데, 특별입국 팀장이라며 접근하기도 하니까 각별히 주의하라고 했다. 스크롤을 내리며 다행이라고 생각했다. 사이비에 숨은 동안에는 잡히지 않을 테니까. 교회 연락처는 쉽게 찾을 수 있었다. 김승완이 창이라고 불리는지 김승완이라고 불리는지 알 수 없어서 둘 다 문의했다. 그런 신자가 있느냐고, 택시 운전을 하는데 연락하고 싶다고. 안내원이 신자의 연락처를 줄 수는 없지만 메모는 남길 수 있다고 해서 깡통 번호를 남겼다. 이름을 묻기에 변호사라고만 답했다.

며칠 후, 장사 준비를 하는데 벨소리가 울렸다. 낯선 소리라서 처음에는 내 핸드폰이 아닌 줄 알았다. 벨소리가 끝나고서야 새 핸드폰이라는 게 떠올랐고 황급히 확인했다. 해외번호라 곧장 통화 버튼을 눌렀다. 김승완이었다. 나는 질문을 받기 전, 빠르게 교통 정리를 했다. 맡은 사건이 여러 개라 김승완 씨 일은 개인적으로 처리하고 있다고. 사무실에서는 큰일들을 처리해서 그러니, 연락을 삼가해달라고. 다행히 김승완은 바로 알아들었다.

"변호사님이 주셨던 명함을 잃어버려서 전화드린 건데, 앞으로는 주의하겠습니다."

"네, 감사합니다. 메모 보고 바로 연락드렸는데 안 받으시더라고요."

김승완은 딸애가 아팠다며 근황을 전했다. 큰 수술을 했지만 경과는 좋다고. 다행이네요, 나는 간단히 답한 후에 할 말을 했다. 당신이 준 물건들을 살펴보았으나 유효한 증거로 채택되기에는 어려워 보인다. 이것만으로는 무죄를 입증하지 못한다. 게다가 놓친 부분이 있는데, 국외에 있는 기간 동안에는 공소시효가 정지된다. 중요한 부분을 놓쳐서 정말 죄송하다. 나는 김승완이 소리를 지르거나 화를 낼 수도 있겠다고 생각했다. 하지만 김승완은 그러지 않았다. 깊은 한숨을 내쉰 후에 이렇게 말할 뿐이었다.

"변호사님 잘못이 아니죠. 법이 그렇다는데 어쩌겠습니까."

예기치 않은 반응에 긴장이 되었다.

"제 불찰이 맞습니다. 수임료는 돌려드리겠습니다. 계좌번호를 주세요."

"아이고, 아닙니다. 어차피 한국에 들어갈 생각도 없었습니다. 죗값을 받는구나, 그리 생각하고 있었어요."

"무슨 죄요? 죄를 지었습니까?"

"죄를 지었죠. 민희가 사라졌다는 얘기를 들었을 때부터 계속 죄책감을 느꼈습니다. 솔직히 제가 그렇게 가버리지만 않았다면 살았을 수도 있잖아요. 그걸 잊은 적은 없습니다. 우리 애를 살려주신 크신 뜻에 보답하기 위해서라도 반성하고 살아야죠."

지랄하네. 나는 김승완에게 화가 나려고 했다. 그래라, 그럼. 그렇게 평생 니 탓만 하고 살아라. 비아냥거리는 내면의 목소리를 누르며 마무리 조언을 했다. 한정철과 변민희 아빠는 한창 싸움 중이니, 불똥이 튀지 않으려면 더욱 신분을 숨기는 게 좋겠다고. 김승완은 걱정해주서서 감사하다는 인사를 길게 이었다. 전화를 끊은 후에는 통신사 매장으로 가서 깡통 번호를 해지했다. 김승완에게 조언한 대로 신분을 숨기는 게 좋으니까.

*

최리사가 와인을 마시자며 초대했다. 꽃집네일에 들어가서 와인 잔을 들었더니 이상하게도 비위가 상해서 한 모금도 넘길 수가 없었다. 나는 앞에 있는 견과류와 치즈를 집어 먹으며 이야기를 들었다. 최리사는 김승완과 연락이 끊긴 것에 도리어 안도하는 듯했다. 변민희 아빠와 한정철이 자신을 공격할 때 거짓말하지 않아도 되니까. 자기도 모른다고, 연락이 안 된다고 당당하게 말할 수 있어서 다행이라고도 했다. 들으면서 나는 무척 놀랐다. 최리사는, 그러니까 진실이 아닌 것을 말하기가 힘들구나. 어떤 정보에 대해 나는 필요 여부가 중요하지, 진실 여부는 중요하지 않았다. 그랬기에 김승완의 증언과 증거에 대해 알고 있는 유일한 인물, 최리사에게 확실히 못을 박기로 했다.

"김승완 진짜 뭐 있나 보다, 너한테도 연락 끊은 거 보면."

최리사가 눈을 크게 뜨고 나를 보았다.

"니 생각에도 그렇지? 이상한 거 맞지?"

"응, 완전. 죄가 없으면 결백하다고 계속 연락했겠지."

그러고는 얼굴을 최리사 쪽으로 숙이며 낮게 속삭였다.

"그 사람, 맞는 거 같아."

최리사의 두 눈에 금세 눈물이 차올랐다.

"내 말이. 근데 오빠가 범인이라고 생각하니까 너무 미안한 거야, 민희한테. 승완 오빠를 소개해준 게 나란 말이야. 어쩜 좋아."

그렇게 말하고는 얼굴을 일그러뜨리며 본격적으로 울기 시작했다. 옆에 놓인 갑티슈를 밀어주자, 최리사는 티슈를 뽑아 코를 팽 풀었다.

"내가 진짜 죽일 년이야. 실은 그때 민희가 같이 튀자 그랬는데, 겁이 나서 싫다 그랬거든? 다 나 때문인 거야. 내가 같이 있어주기만 했어도……."

최리사는 말을 마무리하지 못한 채 테이블에 엎드려 꺼이꺼이 울기 시작했다. 나는 그 뒷말을 충분히 짐작할 수 있었다. 김승완에게 이미 들었으니까. 정말 웃기고들 있네. 왜 죄책감을 느끼지 못해서 안달인 걸까. 최리사의 뒤통수를 바라보며 짜증이 확 치밀었으나 바로 생각을 고쳐먹었다. 짜증 낼 게 아니라 고마워할 일이라고. 최리사가 물러터진 성격이라 일을 쉽게 끝낼 수 있었다. 시효는 만료되었고 최리사는 김승완을 범인이라고 생각한다. 다시 말해 그날 변민희가 가게에 갔었다는 김승완의 증언은 아무도 믿지 않는다는 소리다. 나는 느긋한 마음으로 최리사의 눈물이 사그라들기를 기다렸다. 한참 후 최리사가 숨을 고르며 고개를 들었을 때, 나는 커다란 미소로 반겨주었다.

14

가게로 갔더니 엄마는 홀에서 멸치 대가리를 따며 통화 중이었다. 목소리에 즐거움이 담뿍 담겨 있어서 서늘했다. 나는 정수기 물을 받아 꿀떡꿀떡 목구멍으로 넘기면서 엄마를 살폈다. 통화 내용이 그제야 들렸는데 미영엄마라는 사람과 이야기를 나누는 것 같았다. 엄마는 너무 잘됐다, 그래야지, 같은 말을 반복했다. 무슨 좋은 일이 생긴 모양이다. 나는 손을 씻고 엄마 앞에 앉아 멸치한 주먹을 잡고 다듬기 시작했다. 화사했던 엄마의 얼굴은 통화를 마치자 빠르게 그늘졌다.

"저녁은? 게장 있는데 먹을래?"

왠지 게장이라는 단어가 역하게 느껴져서 인상을 찌푸렸다. 엄마는 막 일어서는 참이었으므로 내가 말렸다.

"아니야, 밥 먹었어. 무슨 좋은 일 있어?"

"좋은 일 뭐?"

엄마는 다시 자리에 앉으며 멸치를 잡았다.

"좀 전에 통화, 뭐 잘됐다며."

"그거야 그거고."

"뭔데, 왜?"

"공사 접는다고 발표 났대. 다들 아파트 받는다고 얼마
나 난리였니, 꼴 좋게 됐잖아."

나는 멸치 대가리를 쏘아보며 엄마는 이렇게 말해서
는 안 된다고 생각했다. 아무리 그래도 이건 아니지. 엄
마가 그랬다면 이렇게 반응할 수는 없을 거다. 동네 사람
이 아파트를 못 받게 되었다며 이렇게 고약하게 기뻐할
수는 없을 거다. 그러니까 엄마는 진짜 아무것도 모르는
것 아닐까? 나 혼자 아무 죄도 없는 엄마를 지키겠다고
여기저기 들쑤시고 다니면서 일을 벌인 건 아닐까?

속이 니글거리면서 뭔가가 치밀었다. 처음에는 딸꾹
질인가 싶었으나 아니었다. 훨씬 더 강력하고 직접적인
역행이었다. 평소에는 느끼지 못했던 목구멍 쪽의 문이
자동으로 닫히며 오장육부에서 올라오는 뭔가를 막았다.
그러느라 내가 몸을 움찔했는데, 그걸 보고 엄마가 멸치
를 놓았다. 뒤이어 또 치밀어 오르고 문이 닫히고, 치밀
어 오르고 문이 닫혔다. 그러는 중에 입안에 쓴맛이 감돌
았다.

"임신을 했나, 웬 헛구역질이야."

엄마가 내 앞에 물을 두었고 나는 힘겹게 마셨다. 물이 목구멍의 문을 통과하며 장기로 흘러들었다. 단단하게 긴장했던 근육이 이완되는 감각을 느끼며 물었다.

"엄마는 아무렇지도 않아?"

이번에는 엄마가 질문하는 눈으로 나를 보았다. 나는 엄마를 똑바로 보며 다시 물었다.

"엄마가 죽였잖아. 그런데 아무렇지도 않아?"

"너 비린가 보다, 방에 들어가. 엄마 이거 마저 해야 해."

또다시 빠져나가려 하고 있었다. 내가 몇 번 더 물으면 화를 내거나 침묵하겠지. 이번만큼은 그렇게 두지 않을 거다. 나는 꼭 들어야겠다. 그럴 자격이 있으니까.

"엄마, 왜 죽인 거야?"

엄마는 대답 대신 나를 노려보았고 나도 시선을 피하지 않았다. 우리는 서로의 눈을 뚫어져라 바라보았다. 이렇게 서로를 바라볼 때가 있었던가? 엄마 홍채 안의 동공이 아주 약하게 크기를 조정하는 게 보였다. 언뜻 홍채에 비친 내 모습을 본 것도 같았다. 얼마 지나지 않아 눈이 뻑뻑해지면서 건조한 느낌이 들었다. 눈을 감았다가 뜨고 싶었으나 그럴 수가 없었다. 그동안 엄마의 눈동자가 사라져버릴 것만 같았으니까. 나는 눈꺼풀에 힘을 주며 필사적으로 버텼다. 건조해진 눈에서 핏발이 오르는 느낌이 들 때쯤 엄마가 시선을 내렸다.

"걔 아빠가. 걔 아빠가 냉동고 코드를 꽂았어."

뭐야, 엄마가 죽인 게 아니었어? 경박하게 차오르는 희망을 지그시 누르며 나는 귀를 크게 열었다. 엄마는 멸치 대가리를 똑똑 떼어내며 말을 이었다.

그날은 변민희 아빠가 목포에 벌초하러 가서 엄마가 가게를 열었다. 한 시간이 채 지나지 않아 변민희가 들어오더니 금고로 직진했다. 걔 아빠가 전날 돈을 다 빼가서 잔돈밖에 없는 상황이라 애가 당황하더란다. 얼빠진 채 금고를 보다가 갑자기 엄마에게 가진 돈을 내놓으라며 협박했다. 엄마는 좀만 있으면 소매업자가 돈을 주러 올 테니 기다렸다가 그걸 가져가라고 했지만, 변민희는 막무가내였다. 지금 당장 내놓으라는 거였다. 도둑으로 돌변한 변민희를 몸으로 막다가 밀쳐냈는데 애가 바닥에 자빠지더니 눈이 뒤집혀서는 죽인다고 덤벼들었다. 학교에 소문낼 거라고도 했다. 나한테도 니네 엄마 도둑년이라고 다 까발릴 거라며 악다구니를 쓰는데, 지금도 그때만 떠올리면 골이 지끈거린다고. 엄마는 시장 사람들 귀가 무서워서 변민희의 입을 막고 버텼다. 웬 기지배 힘이 그렇게나 센지, 팔뚝을 물며 도망가려고 해서 몸 위에 올라타 있는 힘껏 내리눌렀다.

어느 순간 변민희의 몸이 축 늘어졌다. 기절한 것 같았다. 덜컥 겁이 난 엄마는 변민희 팔을 묶고 입을 막은 후에 깨어나기를 기다렸다. 분명 그때까지만 해도 난리를 부리지 않겠다는 약속만 하면 풀어줄 생각이었다. 하지만 한참을 기다려도 변민희는 깨어나지 않았고 소매업자가 올 시간이 다가왔다. 엄마는 다급해졌다. 형제축산에는 커다란 냉동고가 네 개 있었는데, 제일 널널한 냉동고의 코드를 뽑고 거기 있던 고기들을 다른 냉동고로 옮겼다. 변민희를 빈 냉동고에 넣는 게 가장 힘들었다. 세 걸음을 옮기기도 버거워서 들것으로 이동해야 했다. 냉동고에 넣은 후에는 파란 비닐을 덮고 뚜껑은 열어두었다. 그 말을 엄마는 여러 번 강조했다. 냉동고 뚜껑을 닫아버릴 수도 있었으나, 그러지 않았다고. 그럼 애가 죽을 테니까. 숨을 쉬라고 친절하게 파란 비닐만 덮어둔 거라고.

"진짜 살아 있었어? 확인한 거야?"

내가 못 참고 묻자, 엄마는 별 이상한 걸 다 묻는다는 표정으로 말했다.

"확인할 게 어딨어. 잠깐 기절한걸."

확인을 안 했다는 소리구나. 나는 할 말이 솟구쳤지만 참고 엄마의 이야기를 들었다. 축산시장의 아침은 여느 때처럼 정신없었다. 소매업자가 다녀간 후에는 손님들이 오갔다. 엄마는 혼자 주문을 받고 고기를 썰었다.

점심시간이 다 되어서야 한시름 돌릴 수 있었다. 애를 확인하려고 파란 비닐을 막 여는데 변민희 아빠가 돌아왔다. 엄마는 당황해서 냉동고 뚜껑을 닫는 중에도 파란 비닐을 빼내 틈을 만들어주었다. 숨은 쉬어야 하니까. 나는 들으면서 슬슬 짜증이 나려고 했다. 엄마가 끝까지 자신에게는 죄가 없다는 듯이 굴었기 때문이다. 변민희 아빠는 오전에 기재했어야 했던 부위별 수량 체크란이 비어 있는 것을 보고 대노하며 업장에 다녀오라고 지시했다. 급하게 다녀왔더니 된장찌개를 먹고 있더란다. 엄마 것도 있어서 앞에 앉아 된장찌개를 먹었다. 몇 술 채 뜨기도 전에 변민희 아빠가 잔소리를 했다. 누가 밟았는지 냉동고 코드 선이 뽑혀 있더라, 그런 건 좀 제대로 봐라. 엄마는 이야기를 듣다가 밥숟가락을 떨어뜨렸다. 손에 힘이 하나도 없었다. 걸렸구나, 싶어서 낙심해 있는데 웬일로 변민희 아빠가 밥숟가락을 주워주며 말했다.

"바쁘면 그럴 수 있지. 다시 꽂았으니 됐어. 어디, 민희 아빠가 그렇게 말할 사람이니? 내가 4년 넘게 일하는 동안 그렇게 다정한 말은 첨 들어봐. 참 희한하지. 자기 딸 죽인 줄도 모르고 개 아빠가 그랬어, 그때."

아니라고 말하고 싶었다. 변민희 아빠가 죽인 게 아니라 엄마가 죽인 거라고. 책임을 떠넘기지 말라고. 하지만 이번에도 마저 듣고 싶었기에 꾹 참고 귀를 열었다. 바람과 달리 엄마는 닫은 입술을 열지 않았다. 멸치 대가리를 따던 손의 움직임도 멈췄다. 내려다보니 더 이상 따낼 멸치 대가리가 없었다. 어디 가서 멸치를 사다가 엄마 앞에 늘어놓고 싶었다.

"그래서? 그다음은? 바로 열어보지 그랬어."

"뭘 열어봐, 끝난걸. 그냥 끝인 거야."

멸치 가루를 쓸어 담으며 정리하는 엄마를 보니 마음이 급해졌다.

"금영산까지 어떻게 옮겼는데? 냉동고째로 옮기지는 못했을 거 아냐. 누가 도와줬어?"

질문과 동시에 서랍 속에 있던 운전면허증이 떠올랐다. 허리를 꼿꼿이 세운 채 트럭 핸들을 잡고 있던 엄마의 옆얼굴도 함께. 그래서 면허를 땄던 거구나. 상상했던 것보다 엄마는 훨씬 위험한 사람일지도 모르겠다. 순식간에 낯선 존재가 되어버린 엄마가 입을 열었다.

"나는 아파트 부지에 금영산 들어갔을 때가 제일 철렁

했어. 아무리 뒤져도 묻은 자리를 찾을 수가 있어야지. 그때 묻는 게 아니었어. 귀찮아도 갔었어야 했는데."

그 말이 내 뺨을 갈겼다. 한정철 부부에게 맞았을 때처럼 눈앞에서 불이 튀었고 뺨이 얼얼했다. 나는 충격을 완화하기 위해 입을 벌린 채로 호흡을 가다듬었다. 쟁반을 들고 일어나던 엄마가 그런 나를 흘깃 보더니 별안간 질책했다.

"야, 그딴 건 별것도 아냐. 너 낳고 키운 거에 비하면."

변민희의 죽음은 조금 전까지 변민희 아빠의 탓이었다가 이제 내 탓이 되었다. 책임을 떠넘긴 엄마는 주방으로 걸음을 옮겼다. 나는 다급한 마음에 손을 뻗어 엄마의 손을 잡았다. 내 탓 하지 말라는 그 간단한 말은 왜인지 입 밖으로 나오질 않았다.

"얘가 왜 이래?"

엄마의 손이 내 손 안에서 미끄러져 빠져나가는 그 순간, 뭔가 이상했다. 뭐지? 왜 차갑지가 않지? 아직도 얼얼한 볼에 손을 갖다 대보았다. 너무 차가워서 몸서리가 쳐졌다. 물리적인 충격이 더해지자, 볼 안쪽에서 피 맛이 났다. 비릿하고 뜨뜻한 피가 순식간에 입안에 고였다. 혀를 굴려 상황을 파악하는 동안 걸쭉한 피는 목구멍을 타고 배 속으로 흘러들었고 곧이어 구토가 치밀었다. 이번에는 목구멍의 문이 제대로 닫히지 않아서 신물이 목구멍으로 튀어 올랐다.

나는 입을 틀어막으며 다급하게 화장실로 뛰어갔다. 변기를 잡고 입안에 가득 찬 것을 쏟아냈다. 희멀건 토사물에서는 최리사 가게에서 먹었던 치즈 냄새만 진동했다. 분명하게 느껴지던 피는 흔적도 없었다. 다시 구토가 올라왔고 그대로 내뱉었다. 또 냄새가 나고 구토가 오르고 뱉고. 한참 동안 변기를 안고 있었더니 어느 순간 입 밖으로는 맑은 초록색 물만 나오고 있었다. 오장육부가 쪼그라들 것처럼 계속해서 수축하는 느낌이 들었다. 요즘 속이 왜 이러나? 뭘 잘못 먹었나? 초록색 물도 더 이상 나오지 않자, 장기의 수축은 통증으로 이어졌다. 인상을 찌푸리며 입을 훔치는 중에 엄마의 목소리가 스쳤다.

"임신을 했나, 웬 헛구역질이야?"

그러고 보니 이번 달에 생리가 없었다. 그 전달에는? 스트레스가 심해서 그러려니 했는데 아닐 수도 있겠다. 머릿속으로 선배와 마지막으로 관계했던 날을 떠올려보았다. 넉 달 전이었다. 나는 지저분한 변기 안으로 뛰어들고만 싶었다.

*

    아침에 눈을 떠서는 곧장 약국으로 갔다. 불안해서 한
숨도 자지 못했다. 헉헉거리며 약국 앞에 도착했으나, 문
이 닫혀 있었다. 앞에 서서 건너편 버스 정류장을 바라보
며 기다렸다. 학생들과 직장인들이 바삐 오가는 게 보였
다. 20분쯤 기다린 후에야 안쪽에서 문이 열렸다. 뛰어
들어가서 임신테스트기를 사서 나오려다가 멈춰 섰다.
엄마가 있는 가게보다는 여기에서 확인하는 게 나을 것
같았다. 나는 약사에게 화장실을 사용할 수 있는지 물었
다. 약사는 카운터 앞에 걸린 열쇠를 가리키며 건물 뒤로
돌아가라고 했다. 변기에 앉아 사용법을 읽은 후, 테스트
기에 소변을 흘려보내고 기다렸다. 두 줄인 것을 확인하
고는 화장실을 나왔다. 조금 걷다가 화장실 열쇠를 반납
하지 않은 것이 기억나서 약국으로 돌아갔다. 열쇠를 건
넸더니 약사가 물었다.

    "확인해보셨어요?"

    질문을 예상하지 못했던 터라 당황한 채 고개만 작게
끄덕였다. 약사가 다시 물었다.

    "임신이신가요?"

    나는 이번에도 고개만 끄덕였다. 약사는 약간의 텀도

없이 바로 말했다.

"축하드려요."

거의 도망치듯 약국을 나오면서 나는 약사의 축하를 무르고 싶었다. 테스트기의 두 줄도, 선배와의 섹스도 모두 무르고 싶었다. 막연한 두려움이 구체적인 형태를 갖춰 배 속에 자리 잡은 것만 같았다. 나는 무작정 걸었다. 버스를 향해 달리는 직장인들을 지나치며 지울 생각도 해보았다. 하지만 거의 동시에 그건 불가능하다는 판단이 내려졌다. 죽음 이후를 상상해보는 것만큼이나 현실감이 없었다. 내가 할 수 있는 거라고는 받아들이는 것뿐인 듯했다.

얼마 지나지 않아 심한 뱃멀미 같은 어지럼증이 종일 따라붙기 시작했다. 살이 무서울 정도로 빠졌다. 먹은 것의 두 배 이상을 매일같이 토해내며 6개월로 접어들자, 팔다리는 앙상한데 배만 부풀어 오른 흉한 모양이 되었다. 남자 사이즈의 박스 티를 입어 최대한 실루엣을 가렸다. 이제는 친해진 몇몇 여중생들이 티셔츠를 입었음에도 드러난 배를 보고 임신했냐며 깔깔 웃었다.

예약 날짜에 맞춰 산부인과로 갔다. 담당 의사가 채혈 후에 입체초음파 사진을 찍으라고 했다. 아기가 더 크면 확인이 어려우니 지금 봐두라고. 병원에서 하는 제안은 대부분 받아들이는 편이라 이번에도 별생각 없이 초음파실로 갔다. 침대에 누워 있었더니 곧 초음파 선생님이 들어왔다.

"얼마나 예쁜지 얼굴 좀 볼까?"

나에게 하는 말이 아니라 배 속 아기에게 하는 말이라는 것쯤은 알고 있었으나, 반말이 거슬려서 못 들은 척했다. 선생님은 배를 기구로 훑으면서 계속 말했다.

"얼굴 좀 보여주라, 얼굴."

모니터에는 B급 호러영화의 괴생명체 같은 덩어리가 연거푸 지나가고 있었다.

"이게 팔인데, 애가 얼굴을 감싸고 있네요."

선생님의 손 움직임에 맞춰 쓱 아기 옆얼굴이 나와서 흠칫 놀랐다. 너무 사람 같아서. 그 정도면 된 것 같은데 선생님은 한 바퀴 걷고 다시 보자고 했다. 얼굴을 꼭 보자고. 나는 못 봐도 그만이라고 말하고 싶었으나, 담당 의사에게 그랬듯이 네, 답하고 나와서 복도를 한 바퀴 돌았다. 10분 정도 거닌 후에 다시 초음파실로 들어갔다.

"이번에는 얼굴 좀 보여주라."

선생님은 내 배 위에 차가운 젤을 바르고는 기구를 올렸다. 곧이어 눈앞에 기괴한 이미지가 다시 펼쳐졌다.

"얼굴 보여주기 싫은가 보다. 왜 폴더 자세를 잡고 있는 거야, 아가? 아가?"

말하면서 나의 배를 잡고 흔들었다. 나는 모니터에서 시선을 거둬 선생님을 바라보았다. 상당히 불쾌한데 전달할 방법을 알 수 없어서 시선으로라도 알리고 싶었다. 하지만 선생님은 모니터만 응시하느라 알아채지 못하는 듯했다. 갑자기 선생님의 표정이 확 밝아졌다.

"나왔다, 나왔어요!"

나도 시선을 옮겨 모니터를 보았다. 고무 덩어리 같은 것이 울컹거리고 있었다. 감긴 두 눈의 두덩이와 조그마한 코, 앙다문 입술. 나는 빤히 그것들을 바라보았다. 어디선가 얘를 본 적이 있다. 나는 얘를 안다. 그 순간, 모니터 속의 아기가 두 눈을 번쩍 떴다. 강렬한 안광이 모니터를 뚫고 나와서 나에게 꽂혔다.

"괜찮아요? 숨 쉬세요, 숨."

초음파 선생님이 외치고 있었다. 나는 모니터에 비치는 얼굴을 빤히 바라보며 아무것도 할 수가 없었다. 깨어 있는데도 꼭 가위에 눌린 것만 같았다. 뭐라고 답하는 것도, 숨을 내뱉는 것도, 눈꺼풀을 내리는 것도, 그 어떤 것도 가능하지 않았다. 선생님이 나를 흔들다가 밖으로 뛰어나갔다.

별안간 이동 침대를 밀며 사람들이 몰려왔다. 누군가 내 얼굴에 산소호흡기를 꽂았다. 의지와 상관없이 공기가 코와 입으로 들이쳤다. 침대에 누운 채 사람들에게 둘러싸여 복도를 달리는 동안 눈앞에 있던 얼굴은 사라지고 없었다. 나는 힘을 주며 천천히 눈꺼풀을 내렸다. 그러자 어둠 속에서, 흐릿한 저 너머에서, 다시 얼굴이 튀어나올 것만 같았다. 눈을 감고도 떠오르는 얼굴은 지울 수가 없을 것이다. 나는 인정할 수밖에 없었다. 이제부터가 시작인 거라고. 공소시효는 끝났지만 아무것도 끝나지 않았다.

15

다음 주가 설이라 엄마 아파트로 지율이와 함께 갔다. 현관문을 열었더니 엄마는 지글지글 뭔가를 볶으며 입으로 반겼다.

"아이고, 내 새끼 왔어?"

엄마가 말하는 내 새끼는 내가 아니다. 지율이는 언제나처럼 할머니이이, 마지막 음절을 길게 빼며 달려가서 엄마에게 폭 안겼다. 나는 뒤따라 들어가 거실 소파에 걸터앉았다. 그릇장 중앙에 아기 사진이 추가된 게 눈에 들어왔다. 올해까지 하면 백 명은 거뜬히 채우겠구나. 모두 엄마가 봐줬던 아이들이었다. 볼 때마다 서늘한 기분이 들었다.

엄마가 전주분식을 판 돈으로 이 작은 아파트를 산 다음 바로 시작한 일은 가사도우미였다. 일하던 엄마에게 누군가가 요즘은 맘시터 일이 돈이 된다고 이야기해주었고 엄마는 바로 산후도우미 업체를 찾아 나섰다. 가장 인기 있는 업체에서는 스마트폰 어플로 일을 주고받았다. 그 전까지 스마트폰을 제대로 못 다루던 엄마는 나에게 이것저것 물어 어플을 깔고 이용 방법을 배우더니 놀랍도록 능숙하게 일을 시작했다. 급기야 1년도 안 되어 우수 시터상까지 받았다. 엄마 아이디 옆에는 노란색 꽃 모양 딱지가 붙었고 다른 사람보다 시급이 높아졌다. 그런데도 찾는 사람이 늘어난 게 신기해서 엄마 몰래 후기를 찾아보았다.

분식집을 하던 관성 때문인지, 엄마의 아이디는 전주이모였다. 아기를 잘 봐주시고 너무 인자하시다, 친정엄마보다 더 친정엄마 같으신 분, 항상 미소로 집 안을 밝혀주신다는 평들이 꼭 엄마가 아닌 다른 사람 이야기를 하는 것만 같았다. 온갖 이모티콘을 써가며 후기를 남긴이 엄마들은 알까? 전주이모가 어떤 사람인지, 어떤 인생을 살아왔는지 알기나 하고 몸도 제대로 못 가누는 핏덩이를 맡기는 걸까? 나만 진실을 알고 있다는 우월감이달콤해서 꽤 자주 후기 게시판에 들어갔다.

우수 시터로 돈을 모으게 된 엄마는 지율이가 초등학교에 들어가면서 내게 용돈을 주기 시작했다. 께름칙했으나 들어가는 돈이 많아서 덥석덥석 받아 쓴 게 2천 정도 되었다. 기록은 해두고 있으니 언젠가는 갚을 생각이다.

"너도 와서 앉아."

엄마가 부르는 소리에 갈비와 잡채가 차려진 식탁으로 갔다. 며칠 전에 전화했을 때, 박 씨 아저씨를 만난다고 했던 게 떠올라서 물었다.

"박 씨 아저씨는 잘 지내신대?"

"그 양반이야 똑같지, 내 호구 잡혀 살지, 뭐."

아주 군자가 납셨다며 비아냥거리던 과거의 목소리가 겹쳐서 들렸다. 뒤이어 박 씨 아저씨에게 들었다는 변민희 아빠 소식이 등장했다.

"말기 암인데 그렇게나 버텼다는 얘기는 내가 살다 살다 첨 들었다. 결국 갈 양반이 말이야. 장례식장에 사람이 하나도 없더래. 박 씨가 맘이 안 좋아서 발인까지 지키다 왔다더라."

변민희 아빠가 죽었다는 이야기는 최리사에게 들어서 이미 알고 있었다. 같이 가자는 걸 거절했는데, 박 씨 아저씨는 가셨구나.

변민희 아빠는 네 번째 재판 때 본 게 마지막이었다. 당시 나는 한정철 가족 쪽 증인으로 출석했었다. 복도에

242

서 변민희 아빠와 마주쳤을 때 해코지를 당할까 봐 긴장
했으나, 반갑게 웃어주어서 더 오싹했던 기억이 난다.

2012년부터 시작된 한정철과 변민희 아빠의 지난한
법정 공방은 10년이나 이어지다가 재작년 변민희 아빠
가 췌장암 말기 판정을 받으면서 사실상 중단되었다. 두
번의 출석으로 끝났던 나와 달리 애처로울 정도로 자주
법원에 끌려다녔던 최리사는 정이라도 들어버린 건지
이후에는 변민희 아빠 병문안을 또 그렇게나 자주 다녔
다. 내 머리로는 도저히 이해할 수가 없었다.

변민희 아빠는 이제 영영 볼 일이 없게 되었으나, 한정
철이라면 다시 보게 될지도 모르겠다. 지난달에도 만난
적이 있으니까. 법원도 병원도 아닌, 오거리 맥도날드에
서. 유니폼 차림이라 긴가민가했는데, 크루 명찰에 적힌
이름이 한정철이었다. 다행히 한정철은 나를 알아보지
못한 듯했다. 그 뒤로 오거리 맥도날드에는 얼씬도 하지
않았다. 지율이가 사달라고 하면 20분이 더 걸리는 터미
널 맥도날드를 이용했다. 불편한 만남은 피하고 싶었으
니까. 줄줄 이어지던 생각은 지율이 목소리에 끊어졌다.

"그지, 엄마? 걔가 잘못했지?"

뒤늦게 식탁으로 돌아온 나는 앞 내용을 듣지 못했기
에 대충 긍정의 고갯짓을 해 보였다.

"다희가 졸라서 방과 후 수업 들으려고 했던 건데, 일방적으로 그럼 안 되죠."

그제야 파악이 되었다. 지율이는 단짝인 다희 욕을 하고 있었고 엄마는 뭘 안다고 쿵짝을 맞춰주고 있었다.

"지율이 니가 너무 물러서 그래. 단단히 일렀어야지."

"일러줄 것도 없어요. 안 보면 그만이죠. 사람 고쳐 쓰는 거 아니라잖아요."

"아이고 맞다, 맞아. 지율이가 언제 이렇게 똑똑해졌니? 그 말이 참 맞다."

엄마와 지율이의 대화를 들으며 나는 속으로 제발, 하고 애원했다. 셋이 함께하는 자리에서 자주 이러는데, 대상은 신이 아니었다. 엄마와 지율이도 아니었다. 그저 간절한 마음으로 제발, 제발을 반복할 뿐이었다. 혹시나 입밖으로 단어가 튀어 나갈까 봐 잡채를 크게 떠서 욱여넣었다. 어금니를 열심히 움직였으나 맛이 느껴지지 않았다. 잡채가 아니라 꼭 고무나 종이를 씹는 것만 같았다.

*

며칠 후, 점심을 먹고 회사로 들어가는데 지율이 공부방 선생님에게 전화가 걸려 왔다.

"어머님, 오늘 좀 뵐 수 있을까요?"

지율이가 공부방에 가는 날이 아니라서 나는 조금 놀랐다. 하지만 선생님이 3년간 애를 봐주면서 이런 전화를 한 게 처음이라 군소리 없이 따르기로 했다. 퇴근과 지율이 학원 픽업 사이에 한 시간 반 정도가 남아서 시간에 맞춰 공부방으로 갔다. 선생님은 평소와 달리 어수선한 모습으로 맞아주었다. 날씨와 리모델링 이야기를 순서 없이 늘어놓다가 갑자기 다희 이야기를 꺼냈다.

"어제 다희가 핸드폰을 잃어버렸거든요. 학교에서 잃어버렸는지 여기서 잃어버렸는지 헷갈린다면서 한참을 찾다가 갔어요."

선생님은 옆에 놓인 비닐 팩을 내 쪽으로 밀어주며 말을 이었다. 비닐 팩 안에는 엉망으로 망가진 핸드폰이 들어 있었다. 오늘 청소하시는 이모님이 발견한 거란다. 나는 지율이 것과 같은 기종의 핸드폰에 시선을 꽂은 채 두달 전을 떠올렸다. 지율이가 다희랑 같은 핸드폰을 사달라고 며칠이나 졸랐었지. 그런데 이 이야기를 선생님은 왜 하는 걸까? 나는 질문하는 눈으로 선생님을 바라보았다.

"제가 두서없이 말했죠? 복도에 핸드폰이 있다는 게 이상해서 시시티브이를 확인해봤거든요."

그렇게 말하고는 핸드폰 옆에 아이패드를 놓았다. 선생님의 터치와 함께 공부방 복도가 잡힌 시시티브이 화면이 플레이되기 시작했다. 화면 아래에서 돌아가는 타임코드가 이상하게 불길했다. 어지럼증이 느껴지려는 찰나, 복도 문이 열리면서 지율이가 나왔다. 화질이 좋아서 한눈에 알아볼 수 있었다. 지율이는 복도 문이 닫히기도 전에 무언가를 냅다 바닥으로 던졌다. 퍽. 사운드가 없는 영상이었음에도 소리가 귀를 찌르는 듯했다. 쾅쾅, 쾅쾅, 쾅쾅. 지율이는 여섯 번을 연달아 발로 밟았다. 나는 간절한 마음으로 횟수를 셌다. 내가 정확하게 세기만 하면 없는 증거가 되기라도 하듯이. 지율이는 상체를 숙여 핸드폰을 확인하고는 마음에 들지 않는지 다시 바닥으로 던지고 쾅쾅, 쾅쾅. 이번에는 네 번을 발로 밟았다. 그렇게 총 다섯 번을 던지고 열여덟 번을 밟은 후, 핸드폰을 내버려둔 채 문을 열고 나갔다. 핸드폰만 남은 복도 위로 돌아가던 타임코드가 어느 순간 탁, 멈췄다.

머릿속이 뜨거워졌다. 증거가 확실해서 부인할 수 없겠다. 누가 봐도 저건 지율이니까. 그렇다면 어떻게 수습해야 하나? 다희 엄마는 알고 있나? 지율이는 어느 정도의 처벌을 받게 될까? 질문들이 빠르게 뒤엉켰다. 그러느라 불편한 침묵이 길어졌다. 나는 뒤늦게 문제를 일으킨

학생의 엄마가 할 법한 말을 찾았다. 너무 죄송하다고, 뭐라 드릴 말씀이 없다고. 혹시 다희 어머님도 아시냐고 슬쩍 떠보았더니 아직 알리지 않았단다. 내가 직접 다희 어머님께 사과하겠다니까 선생님이 눈에 띄게 반가워 했다.

"그래주시겠어요? 워낙 다희랑 지율이가 친하니까, 이유가 있겠지 싶긴 해요."

"그게 저도 궁금해서요, 얘기를 좀 해봐야겠어요. 요즘 다희한테 엄청 의지했는데, 무슨 일인지 걱정이네요. 그래서 말인데요, 선생님, 이건 다희네가 안 보는 게 좋을 것 같아요."

"아, 그럴 수도 있겠네요, 어머님."

"제가 좀 예민해서 그런데요, 그럼 영상은 이게 원본인 가요?"

"아니요, 원본은 관리 아저씨가 지우셔요. 이건 지하에 가서 분량만 받아 온 거고요."

머릿속에 '원본은 지하, 관리 아저씨'를 입력하며 미소를 유지한 채 다시 부탁했다.

"그럼, 선생님. 이거라도 지워주세요. 다희나 어머님이 보실까 봐, 제가 너무 맘이 안 좋을 것 같아요."

"아, 지워달라고요?"

선생님의 표정이 미묘하게 바뀌었다. 뭔가를 저울질해보는 것도 같았는데, 몇 초 후에 결정을 내렸는지 아이패드 바탕에 남은 fh022_04219 파일을 삭제했다.

"됐죠, 어머님?"

말투가 띠꺼웠지만, 나는 곧장 고개를 숙이며 감사하다고 답했다. 손으로는 다희 핸드폰이 담긴 비닐 팩을 꽉 움켜잡았다.

공부방을 나온 후에 지하로 내려갔다. 관리 아저씨가 원본을 가지고 있다고 했으니 그걸 지워야겠는데, 어떻게 해야 일이 쉽게 끝날까. 방법을 떠올리면서 주차장이 아닌 지하상가로 방향을 틀었다. 편의점이 보여서 들어갔더니 다행히 에이티엠기가 있었다. 현금 10만 원을 뽑고 살펴보았으나, 은행 에이티엠기와 다르게 봉투가 없었다. 열 개들이 봉투를 집어 카운터로 가다가 비타500 박스가 눈에 들어와서 그것도 하나 들었다. 계산하면서 직원에게 건물 관리해주시는 분은 어디 가면 만날 수 있는지를 물었다. 직원은 황당하다는 표정을 지으면서도 주차장 끝에 관리실이 있다고 알려주었다.

지하상가를 빠져나와서 직원이 알려준 관리실 문을 두드렸다. 육십대 정도로 보이는 남자가 문을 열고는 퉁

명스럽게 나를 바라보았다.

"아, 안녕하세요. 어르신, 저는 위에 공부방에서 왔는데요."

길게 설명하지도 않고 봉투를 건네며 아까 선생님이 받아 갔던 영상을 지워주십사, 부탁했다. 빠르게 봉투 안을 확인한 남자는 군소리 없이 그럽시다, 라고 답했다. 어차피 자동으로 지워질 건데 미리 지운다고 별일 있겠냐면서. 나는 남자가 영상을 지우는 모습을 두 눈으로 확인하고서야 관리실을 나왔다.

지율이가 다니는 수학학원 앞 도로에 차를 세워두고 핸드폰을 꺼냈다. 다희 엄마에게 전화를 걸어서 만날 약속을 잡다가 둘이 싸운 이유를 듣게 되었다. 지율이의 주장과 달리 방과 후 수업 때문에 싸운 게 아니었다. 다희가 이번 지안시 초등 미술대회에서 대상을 받았기 때문이었다. 물어보면 아니라고 펄쩍 뛰겠지만 말이다. 지율이는 재작년에 피아노학원에서 쫓겨났었다. 콩쿠르에서 1등 한 친구의 악보를 갈기갈기 찢어버려서. 내가 빌고 또 빌어서 학교에까지 알려지지는 않았지만 그때 확실하게 알았다. 지율이는 자신이 갖지 못한 재능에 분노한다. 나는 지율이를 키우면서는 단 한 번도 재능을 입에 올리지 않았다. 재능이 욕구의 대상이나 목표가 되었을 때, 본인이 얼마나 괴로운지를 누구보다 잘 알고 있었기 때문이다. 그런데도 지율이는 재능에 집착했다. 무섭도록 과하게. 지율이의 집착에는 이유가 없었다. 순수하고 원초적인 욕망, 그 자체였다.

통화를 마치고 났더니 건물에서 아이들이 우르르 쏟아져 나오고 있었다. 지율이가 보조석 차 문을 열고 들어와서는 인사도 없이 손을 내밀었다. 그 손을 보자 아차 싶었다. 오거리에서 핫도그를 사다 달라고 톡을 했었지. 수학학원 끝날 때는 가게 문을 닫으니 꼭 사놓으라고. 공부방에 갈 때까지만 해도 기억하고 있었는데 여기저기 다니느라 잊어버렸다. 나는 핸들을 꺾어 차선을 변경하며 말했다.

"엄마가 깜빡했어. 내일 사다 줄게, 그럼 됐지?"

"그건 아니지, 사과부터 하는 게 맞지."

그렇게 말하고는 자신의 핸드폰을 들여다보았다. 나는 짧게 호흡을 고르고 말했다.

"바빠서 그랬어. 오늘 공부방에 갔었거든."

옆에 앉은 지율이가 움찔하는 게 느껴졌다. 조금만 집중하면 지율이의 작은 머릿속에 있는 기계가 팽팽 굴러가는 소리를 들을 수 있을 것만 같았다.

"공부방 선생님, 요즘 좀 이상해. 엄마한테 뭐랬는데?"

내가 무슨 말을 할 줄 알고 선생님 험담부터 하는 걸까. 지율이는 자신의 주장을 관철시키기 위해서라면 거짓말도 서슴지 않았다. 멋도 모를 때는 말려들었지만, 이제는 나도 당하고 있지만은 않겠다. 한 손으로 운전대를 잡고 다른 손으로 다희 핸드폰을 꺼내 지율이 앞에 들이밀었다.

"엄마한테 할 말 없어?"

지율이는 크게 놀란 듯했으나 이내 자신의 핸드폰으로 시선을 옮겼다.

"지율이가 이렇게 만든 거잖아. 아니야?"

"아닌데? 내가 왜?"

당돌한 반응에 피가 빠져나가는 듯 머리통이 저릿했다.

"지율아, 왜 그랬어?"

"아니라니까? 선생님 말 듣고 이래? 증거가 있대?"

"어."

지율이가 행동을 멈추는 게 느껴졌다. 나는 말을 이었다.

"공부방 선생님이 시시티브이를 보여주시더라. 복도에 있는."

순간, 지율이가 다희의 핸드폰을 낚아채더니, 창문을 열고는 밖으로 던졌다. 나는 너무 놀라 브레이크를 밟아

버렸고 하마터면 사고가 날 뻔했다. 빵, 뒷차가 요란하게
클랙슨을 울리며 지나갔다. 심장이 입 밖으로 튀어나올
것처럼 요동쳤다. 핸들 위에 놓인 손이 덜덜 떨렸다. 급
히 핸들을 돌리며 백미러로 살펴보니 다희의 핸드폰은
이미 파편이 되어 아스팔트 위에 나뒹굴고 있었다. 그동
안 지율이는 창문을 올리고 시트에 기대며 눈을 감았다.
그건 이제부터 내가 어떤 질문을 해도 답하지 않겠다는
선언이었다. 질문 금지. 엄마의 질문 금지가 훈육을 흉내
냈다면 지율이의 질문 금지는 반항을 흉내 냈다. 당하는
입장에서 괴롭기는 둘 다 마찬가지였다.

　무거운 침묵이 차 안에 내려앉았다. 옆에 앉은 지율이
가 온전하게 느껴졌다. 너무 크고 강한 존재감이 나를 압
박했다. 핸들 위에 놓인 손은 계속 떨리고 있었다. 나는
손톱을 가죽 커버에 박으며 버텨냈다. 어느샌가 머릿속
은 제발, 제발, 대상 없는 애원으로 가득 차 있었다. 의식
하지 못한 사이 입 밖으로 소리가 새어 나왔다.

　"제발."

　지율이가 들었는지 작게 콧방귀를 뀌었다. 나는 혹시
나 또 소리가 새어 나갈까 봐 혀끝을 이로 물었다. 인상
이 저절로 찌푸려졌다. 그리고 그때, 희미한 기억 너머로
목소리가 들려왔다. 너 나한테 잘못했지? 사과해. 많이

늦었지만 니가 사과하면 받아줄게. 쇳소리가 섞인 변민희의 목소리가 뒤로 감기 후에 다시 플레이되었다. 너 나한테 잘못했지? 사과해. 많이 늦었지만 니가 사과하면 받아줄게. 앞 큰길에서 집으로 가기 위해서는 우회전해야하지만, 신호가 바뀌자 직진을 해버렸다. 어느새 눈을 뜨고 지율이가 물었다.

"왜 일루 가?"

이쪽으로 쭉 가면 오거리가 나온다. 오거리에는 맥도날드가 있지. 그래, 그렇지. 나는 대답 대신 액셀을 밟았다.

키오스크에 서서 내가 마실 커피부터 담았다. 지율이에게 뭘 먹겠느냐고 물었더니 내 손을 탁 쳐내고 사이드 탭을 눌러 딸기 오레오 맥플러리를 담았다. 그러고는 별다른 말도 없이 먼저 창가 바 테이블로 가서 앉았다. 나는 지율이 뒤통수를 흘겨본 후 주문표를 들고 주변을 둘러보았다. 픽업대와 조리대를 오가는 직원이 두 명, 홀바닥을 정리하는 직원이 한 명이었다. 셋 다 이십대인 것같았다. 이런 식으로는 만나기 어렵겠지? 한정철을 봤던건 지난달이었으니 그새 그만뒀을 수도 있고 일하는 시간이 아닐 수도 있다. 그럼 커피만 마시고 가지, 뭐. 그렇게 생각하며 대기 알람 전광판으로 시선을 옮겼다. 그때 내 앞으로 유니폼을 입은 남자가 슥 지나갔다. 남자는 반납대 문을 열고 가득 찬 쓰레기봉투를 빼낸 다음 새 봉투를 채워 넣었다. 구부정한 자세이기는 했으나, 행동이 깔끔하고 군더더기가 없었다. 남자가 쓰레기봉투를 끌며 내 앞으로 지나가려고 할 때, 힘주어 목소리를 냈다.

"선생님."

한정철이 고개를 돌렸고 우리는 눈이 마주쳤다. 여중생들을 사로잡았던 커다랗던 두 눈은 주름에 묻혀 그늘져 보였다. 살이 꽤 빠진 것도 같았다. 다행히 한정철이 나를 알아보는 데는 그리 긴 시간이 걸리지 않았다.

"니가 어떻게, 근처에 살아?"

"아니요, 선생님 뵈러 왔어요. 잠깐 이야기할 수 있으세요?"

한정철은 긴장한 눈빛으로 뜸을 들이다가 20분 뒤에 일이 끝나는데 그때는 가능하다고 했다. 내가 서둘러 기다릴게요, 라고 답했지만, 이미 한정철은 직원 전용이라고 적힌 문으로 나가고 없었다.

커피와 맥플러리를 받아서 지율이 옆에 앉는 동안 자꾸만 한정철이 사라진 문으로 눈이 갔다. 내가 돌아보는 게 거슬렸던지 지율이가 물었다.

"뭔데 그래?"

"여기서 좀 기다려야 해. 길게 걸리지는 않을 거야."

"그 아저씨 때문이었어?"

나는 놀라서 지율이를 보았다. 얼굴을 핸드폰에 붙인 채 손가락을 바삐 움직이고 있었다. 게임이나 문자, 둘 중 하나를 하는 것 같았다.

"여기 한참 안 왔잖아. 터미널이 더 먼데 글루 가고. 그 아저씨 때문에 그런 거야?"

"그런 거 아니야."

변명이 궁색하여 나는 괜히 화난 듯이 내뱉었다. 거기서 멈춰주기를 바랐으나 지율이는 그러지 않았다.

"왜? 그 아저씨가 내 아빠야?"

지율이를 바라보는 두 눈에 힘이 들어갔다. 지율이는 계속 손가락을 움직이고 있었으나, 긴장하고 있다는 건 충분히 전해졌다. 아빠가 누구인지 궁금해할 거라고는 생각하지 못했다. 이제껏 물은 적이 없었으니까.

"아니야, 지율아. 그분은 엄마 선생님이셔. 지율이 아빠가 아니야."

지율이는 별말 없이 고개만 작게 까딱였다. 두 눈이 핸드폰에 꽂혀 있어서 기대가 걷힌 건지 다시 차오른 건지는 확인할 수 없었으나, 지율이가 자신의 아빠를 궁금해하고 있다는 사실은 단단히 새겼다.

한정철은 사라졌던 직원 전용 문이 아니라 픽업대 뒤에서 나왔다. 지율이에게 이야기 좀 하고 오겠다고 말하며 나도 일어섰다. 한정철과 가까워졌을 때, 입구 쪽 빈자리를 가리켰다.

"저쪽에서 얘기하실까요? 여기 불편하시면 나가셔도 되고요."

"아, 괜찮아."

마주 보고 앉은 후에는 불편한 침묵이 이어졌다. 어디서부터 시작하는 게 좋을지 감을 잡을 수 없었다. 머릿속을 헤집다가 얼마 전에 체육센터 포스터에서 한예은을 봤던 게 기억났다.

"따님께서 유명한 선수가 되셨더라고요. 축하드려요."

"무슨, 축하까지야. 부상 때문에 잘 안 풀렸어."

그리 좋은 수가 아니었나 보다. 후회하는 중에 자신의 손을 내려다보던 한정철이 갑자기 손바닥을 짝, 소리가 나도록 맞부딪쳤다.

"안 그래도 한 번은 다시 만났음 싶었다. 그, 참, 너희한테 내가 못나게 굴었어."

꼭 뒷말을 이을 것처럼 다시 입을 열었다가 그 상태로

정지했다. 왜 갑자기 사과를 하는 거지? 까딱하다간 한정철에게 선수를 뺏기겠다 싶어 빠르게 말했다.

"아니요, 제가 죄송했어요. 꼭 사과드리고 싶었어요, 선생님."

나의 눈과 한정철의 눈이 맞닿았다. 눈빛으로라도 절박함을 표현하고 싶었으나 잠시 후, 한정철은 손으로 시선을 내려버렸다. 나는 함께 시선을 내리며 낮은 숨을 흘려보냈다. 사과할 수 있어서 다행이다. 할 일은 해냈으니, 이제부터는 한정철의 선택을 받아들이는 수밖에 없다. 받아주지 않는다고 해도 어쩔 수 없다. 그렇게 마음을 다잡고 있었기에 한정철이 입을 열었을 때 온 신경을 모아 집중했다.

"미안하다, 내가 잘못했다."

예상치 못한 대답이었다. 내 말을 아예 듣지 않은 듯했다. 나는 빠르게 아니라고, 제가 죄송하다고 말했다. 뭔가 이상하다고 느꼈는지 한정철의 미간에 주름이 깊게 새겨졌다.

"아니다. 내 잘못이야."

말이 끝나기가 무섭게 내가 다시 받아쳤다.

"선생님, 제가 죄송했어요."

한정철은 조금 놀란 듯 나를 바라보다가 벌떡 일어섰

다. 나는 한정철을 올려다보며 말했다.

"제가 잘못했습니다."

나를 향한 한정철의 두 눈이 희미하게 떨렸다. 무언가를 지금 막 깨닫게 된 듯했다. 어떻게든 변명해보려고 내가 입을 열었을 때, 한정철은 몸을 돌려버렸다. 그러고는 약간의 주저도 없이 성큼성큼 문밖으로 사라졌다. 나는 입을 벌린 채로 닫힌 문을 바라보았다. 머릿속에서는 경보처럼 제발, 제발이 울려 퍼지고 있었다. 커다란 위험에 처한 것만 같았으므로 최대한 진실한 마음으로 반복했다. 제발, 제발, 제발. 의식하지 못한 사이에 두 손은 기도할 때처럼 가슴 앞에 모여 있었고 고개는 푹 숙여져 있었다.

그때 어디선가 목소리가 들려왔다.

"일어나, 엄마."

눈을 위로 치켜떴더니 지율이가 한심하다는 표정으로 내려다보고 있었다. 순간, 나는 손을 뻗어 지율이의 손을 잡았다. 지율이가 작게 몸서리를 치는 게 느껴졌으나 놓치고 싶지 않았다. 그 상태로 상체를 깊이 숙이며 지율이의 몸을 껴안았다. 테이블 넓이 때문에 버둥거리면서도 어떻게든 지율이를 끌어안았다. 지율이의 온기 덕분에 내 손의 한기가 더욱 선명하게 느껴졌다. 그 구체적인 감각이 이리저리 흩어지려는 정신을 단단히 붙잡아주었다. 입 밖으로 옅은 숨처럼 제발이 삐져나왔다. 나는 간절한 마음으로 나의 엄마를 쏙 빼닮은 나의 딸을, 아직은 따뜻한 나의 딸을 한참 동안 안고 있었다.

작가의 말

2008년에 이런 일이 있었습니다. 세 번째 단편영화를 완성한 후 이렇게는 계속할 수 없다고 생각했습니다. 뭔가가 더 필요한 것 같았습니다. 그게 뭘까? 재능과 자격에 대해 고민했습니다. 답이 나오지 않아서 영화제로 눈길을 돌렸습니다. 외부의 인정이 그것일지도 모르겠다고 생각했습니다. 간절한 마음으로 출품했고 다행히 상을 받게 되었습니다. 덕분에 고민을 잠시 접어두고 네 번째 단편영화를 만들 수 있었습니다.

2023년에는 이런 일이 있었습니다. 사정이 생겨서 모든 것을 잠시 멈추어야 했습니다. 완성한 소설은 출간된다면 세 번째 책이 될 터였으나, 그 가능성은 희박하게만 느껴졌습니다. 재능과 자격에 대한 끝도 없는 질문이, 다시금 솟아났습니다. 내몰린 심정으로 시간을 보내던 어느 날 교보문고 측으로부터 수상 연락을 받게 되었습니다. 2008년에 받았던 상 이름이 '교보상'이었다는 게 그제야 기억났습니다.

어떤 우연은 까닭을 생각하게 합니다. 2008년에 받았던 상과 2023년에 받게 된 상을 나란히 놓고 바라봅니다. 그사이를 흐르는 시간에서 무엇을 건져 올려야 할지 알 수는 없습니다. 중요한 것은 과거의 그때처럼 작업을 이어나갈 힘을 얻었다는 사실입니다. 15년에 걸쳐 두 번이나 큰 응원을 받았음을 기억하겠습니다.

작품에 애정과 지지를 보내주신 심사위원분들께 감사드립니다. 성긴 문장을 정성껏 다듬어주신 김정은 편집자님, 작품의 방향에 대해 고민해주신 권정은 피디님, 꼼꼼하게 의견을 남겨주신 강지영 작가님, 교보문고와 북다 관계자분들께도 감사의 마음을 전합니다. 새로운 시선으로 작품과 마주하는, 귀한 시간을 가질 수 있었습니다.

매번 정확하고 진실된 조언을 해주는 잔치국수와 공, 고맙습니다. 여러분의 도움으로 어찌저찌 균형을 맞춰나가고 있습니다. 그리고 나의 가족. 끊임없이 믿어주고 견뎌주고 아껴주는 나의 가족에게 깊은 사랑을 드립니다.

2024년 6월

강진아

mymy

초판 1쇄 발행 2024년 6월 28일

지은이 강진아
펴낸이 안병현 김상훈
본부장 이승은 **총괄** 박동옥 **편집장** 박윤희
책임편집 김정은 **디자인** 용석재
마케팅 신대섭 배태욱 김수연 김하은 **제작** 조화연
2차저작권 관리 권정은

펴낸곳 주식회사 교보문고
등록 제406-2008-000090호(2008년 12월 5일)
주소 경기도 파주시 문발로 249
전화 대표전화 1544-1900 **주문** 02)3156-3665 **팩스** 0502)987-5725

ISBN 979-11-7061-150-9 (03810)
책값은 표지에 있습니다.